U0533992

宗璞 著

四季流光

人民文学出版社

图书在版编目(CIP)数据

四季流光/宗璞著.—北京：人民文学出版社，2018
（中国中篇经典）
ISBN 978-7-02-014236-1

Ⅰ.①四… Ⅱ.①宗… Ⅲ.①中篇小说-小说集-中国-当代 Ⅳ.①I247.5

中国版本图书馆 CIP 数据核字(2018)第 087681 号

责任编辑　朱卫净　　杜玉花
装帧设计　汪佳诗
封面绘画　Candy 田

出版发行　人民文学出版社
社　　址　北京市朝内大街 166 号
邮政编码　100705
网　　址　http://www.rw-cn.com

印　　制　山东临沂新华印刷物流集团有限责任公司
经　　销　全国新华书店等

字　　数　152 千字
开　　本　890 毫米×1240 毫米　1/32
印　　张　9.375
版　　次　2018 年 10 月北京第 1 版
印　　次　2018 年 10 月第 1 次印刷

书　　号　978-7-02-014236-1
定　　价　49.00 元

如有印装质量问题,请与本社图书销售中心调换。电话:010-65233595

目录

001
四季流光

073
三生石

四季流光

The Wine of Life keeps oozing drop by drop
The Leaves of Life keep falling one by one
生命的酒酿不断地一滴一滴消失
生命的树叶不停地一片一片飘落
——引自《鲁拜集》

一

天很蓝，阳光和煦，一条清溪从山坡下流过。我飘飘忽忽走上坡来，靠着一块大石坐下，我不觉得凉，也不觉得硬，索性躺下。看着蓝得无比的天，这种天很少见了；听那溪水淙淙，这种声音也很久没有听到了。坡稍高处，有一片树林，一阵风过，树叶飒飒作响，好像在问溪水什么话。我闭上眼睛，想休息一下，其实我已经休息了好几年了，总是在飘来飘去，是悠闲自得，还是无所事事？自己也不知道。

"看呀，看那落叶……"一个清脆而又有些沙哑的声音在低叹。我忙睁眼，见一阵落叶随风飘下，一片接着一片，一片伴着一片，慢慢飞舞着，在空中便是一幅图案。"都落了，"另一个声音，"都落光了，才省事。"我坐起来看，见山坡石块上不知何时坐着两位女子，一位头上戴着一顶紫红色绒线小帽，一位颈上系着一块蓝围巾。戴绒线小帽的一位说："我一个星期收到八份讣告。真就像这落叶一样，成群成阵地倒下了。"系围巾的一位冷笑道："这是客观规律嘛！"那"嘛"字拖得很长，"有什么好感伤的。"

"想要感伤都来不及。"紫红帽叹息。"喂，你们来晚了。"她向坡下扬声说。坡下又走来两位老人，或者勉强可以说是女老人。她们都戴着很大的墨镜，一位头上戴着棕绿两色薄呢帽，一位穿着一件肥大的灰色坎肩，两人都拿着拐杖，一步一步挨着。薄呢帽说：

"我们总算走到了。"灰坎肩说:"我们在路上歇了好几回。"说着,走近来坐在石块上。我看清了,她们满头白发,满脸皱纹,好像需要洗一洗。薄呢帽取下墨镜,两只眼睛一只睁着一只闭着,看来是已眇一目。灰坎肩坐下时几乎摔倒,看来她的腿特别不利落。我忽然想这是哪里来的剑仙,也许一会儿要比武,可就大开眼界了。

又是一阵风过,各种颜色的树叶飘落。好几片落在几位"剑仙"身上,紫红帽从肩上取下一片,放在手掌把玩,"据说,每一片树叶都是不一样的。大自然真是了不起。"

"就像每个人都是不一样的,可又惊人的相似。"薄呢帽说。

"连石头也一样。青年壮年老年,生老病死,谁逃得过?"灰坎肩加了一句。

我忽然觉得她们的声音很熟悉,虽是老人的声音,却有几分清脆,还留着昔日优雅的痕迹。我听过这些声音。是的,四个人的声音我都不是第一次听见。我从石后走出来,站在她们面前,没有一个人注意我,我从正面看到了紫红帽和蓝围巾,她们鸡皮鹤发,也不比那两位逊色,我不忍多看,移开了目光。她们相当大声地说话,大概是因为耳聋。"喂,你们好。"没有人注意我，紫红帽从包里拿出一本书，那是一本影集。别的人也都取出颜色不同的影册，放在面前草地上。

"你们好，我好像认识你们，你们大概也认识我，想一想，好不好？"仍没有人理我，她们只管张罗那些照片。我失望地退后了几步，也许我不该打搅她们，我应该安静。可是在紫红帽打开影集的刹那，我忍不住大叫："那是你们吗？那是你们吗？"

二

这一张照片使我回到了五十年前，照片中四位苗条的女学生一排儿站在那里，微笑。后面一簇簇盛开的花朵挤满了画面，不知是什么花。人我倒是渐渐清楚了。又一张照片在学校的图书馆前，四个人都斜抱着书，这是当时常有的姿势。是了，她们分明是我的同学。我转学到这个大学时，便听说学生中的一些人物，女生宿舍的自然特别引人注意。我的学长胡烁向我介绍,到我们学校什么都可以不学,有一组人物不可不见识。见我睁大了眼,胡烁说:"眼睛睁得还不够大,因为这组人物是四个人。那是我们的同级级友,她们四个人虽不同系却常常在一起,人们称她们为'四公主'。"这绰号讨厌,我当时想,便说:"我不喜欢公主,还是灰姑娘的本色好。"胡烁道:"她们不是灰姑娘变的,她们本来就是公主。"

我在胡烁的指引下,知道四公主的个人绰号,是"春夏秋冬"。这绰号很流行,连她们自己也彼此叫来叫去。春在建筑系,夏在地理系,秋在外文系,冬在历史系。她们凑巧同住一个房间,四人常同进同出,便成为校园中的一个可以谈论的话题。

影集又掀过了一页,现出一幅演出照片,三个人在唱歌,一个人在弹钢琴。哈,这可不是你们吗?我入学不久,参加过一次同乐会,这是我第一次看到"四公主",也看到了她们的表演。胡烁指指点点地介绍,那弹琴的是冬,穿翠绿裙的是春,穿粉红裙的是夏,穿淡蓝裙的是秋。冬站起身鞠躬时,才看清她穿的是鹅黄裙。那时很少彩色照片,照片是黑白的,不过我心里还留着那颜色。我也仿佛还能听见那歌声,是黄自的《长恨歌》,头两句是:"香雾迷蒙、祥云掩拥。"歌声很温柔,琴声是冰冷的。后来我知道,由冬来弹琴是因为她很少说话,也不唱歌。其实她的琴艺不高,倒是后来秋的独奏可以算一个钢琴学生。

秋的父亲是校长,他们家住在校园内的一个小树林里。林中蜿蜒的小路,是散步的好去处,有时可以听到她们四人的笑语和美妙的琴声。后来我知道那是一架斯坦利钢琴,很名贵的。我和胡烁常在这里走走,还曾看见她们和民舞社的同学一起跳"阿拉木罕"。春和秋参加了腰鼓队,夏和冬跟着鼓点拍手,那节奏真欢快。那时进步同学在附近乡村办起了民众学校,义务教村民识字。她们也参加了。一次我和胡烁教课回来,见她们四人前前后后沿着铁路走来,还拿着两个苹果抛来抛去,笑声轻轻地沿着铁轨滚动着。不知她们是否记得。当时给我印象最深的是春,她最活泼,眼睛一转,好像世界都是她的。我很快对春发生了不同寻常的好感,可是说来也惭愧,我又陆续对下面的季节也发生了好感,只除了冬,因为她太冷了。后来胡烁索性叫她作"冻死人"。

"喂,看这张。"灰坎肩举着自己的相册,那里有几张都是单独的照片,这正是春。"巧笑倩兮,美目盼兮。"我当时总这样赞叹,现在四个老妪中哪个是她?

我很希望她们能看见我,我会告诉她们当初她们是多么美,可是还是没有人看我一眼。对了,我还要告诉她们，最好不要那"四公主"的绰号，我送你们一个"四季女儿"，怎么样？可是我马上感到，女儿的称呼对她们已经不合适了，准确地说应该是"四老妪"，等到我又听过她们的几段谈话，便知道她们可以明确地定名为"四个未亡人"。不对，应该是三个未亡人加一个未嫁人。

她们都是一个人，可以想象从那"公主"的花团锦簇的热闹中走出来，越走花朵越少，越走树叶越少，花也少叶也少，只剩个自己和装满过去的影集。

影集是丰富的，我记起有时在图书馆里遇见她们。如果胡烁在我旁边，总要挤眼说"来了来了"，引得许多人抬头看。你们破坏公共秩序，我心里说。却忍不住要看一看，看又看不清，只觉得一团光彩，那是青春的光彩，永不可再回复的宝贵的光彩，现在勉强在影集里存留。

现在影集中出现的春的照片是在图书馆门前，她照这张照片时，我从那里过，拿着照相机的正好是胡烁，我们同系又同班，已经不是陌生人了。这时又走来一位同学，比我们高一班，是系里的才子，名叫扶苏。我始终不清楚扶苏两个字是他的名字还是绰号。于是我们谈论着图书馆的建筑风格，我和胡烁抢着炫耀自己的知识。春笑了，笑得很开心。扶苏并不多言，只看着春微笑。春就这样开心地笑着,参加了南下工作团。以后像参加革命的一些漂亮女学生那样,嫁了高官。谁是你?这里有你吗?

"儿子来信了,"薄呢帽说,"这是两个月来第一次来信。"干枯的脸上漾过一丝微笑,那只张开的眼睛也亮了一下。我的心微颤了一下,是了,你是春,残留的春。

春南下以后,我便把审美的眼光对准了夏。夏的漂亮带些豪爽,她唱女低音。"我家有菩提老树。"灰坎肩在翻阅相册时,哼出这个乐句,我认出了,你当然是夏。宽大的坎肩正适合她跋山涉水。我听说她后来参加了绘制地图的工作,也许是在地质队,好像还当了一回右派,却不知为什么。

"女儿说,她们那里已经下雪了。她们把孩子放在雪地里冻,有这样的吗?"她似乎在为外孙抱不平。有女儿,有外孙,丈夫呢?是何人?

"要是有雪橇就好了,最好用鹿来拉。"紫红帽说,这该是冬说的话,但她不像冬,她的冷气不够。她安详从容,两手放在膝上,目光看着远处。这种神情我见过,因为她有一张这样的照片登在报纸上。当然比现在要年轻很多。那么,她是秋了。她是位颇有名气的比较文学专家。这几年,这门学科很走运,经过多年的闭塞，人们觉得很需要学贯中西，什么都想比较一下。秋的出头很得天时之惠。其实我和秋最熟，因为我虽然学的是建筑，却对历史很有兴趣。听过辛校长的课，有时还到他家去。我过去对秋的好感没有对前两个季节那样深，不是因为她的美逊色，而是因为像她这样的人总是给人一种距离感。

那沉默的自然是冬了，她给人的距离感长不可测，不过她也有一种冰冷的、不可亲近的美。胡烁说："冻死人是个怪物。"四公主绰号的一部分原因是秋的父亲是校长，另一部分原因就属于冬。不知什么人发现她原是明朝宗室，至少也是个郡主一类。这话当然待考。其实那时对公主郡主什么的还没有现在兴趣大，有些人瞎起哄而已。

我想她们自己也不喜欢这些称呼，还是灰姑娘好。人生就像是灰姑娘坐上南瓜变的马车，由小老鼠拉着，到处跑。到午夜十二点限期到时，就回到灰姑娘的本色。

溪水仍在自得地流着，夏说："这是一种矿泉水，现在流行到源头去打水，说是可以返老还童。"

四个人都笑了，她们显然认为这是一种愚昧。灰姑娘没有第二次旅程。

三

　　她们起身回家。路上一面走一面约定来年春天再在这里相聚。我插嘴说："常常来吧。大自然对你们有好处。"像是在回答我，她们都说出来一次很不容易，要四个人都到齐更不容易。

　　草坡很缓，并不难走，冬走得最正常，秋也还好，只是身子往一边歪。春的拐杖很起作用。夏的拐杖却不那么听使唤。我不觉伸手去扶夏，她一点不觉得我的存在，"喂，我能帮助你们吗？"我说，仍旧无人搭理。我便飘飘忽忽地走下坡，又走回来，在她们身边转。从她们的谈话中，我知道夏的腿是在一次地质考察中跌伤过，最会走路的人变得最瘸，那最漂亮的眼睛呢？春一手扶着拐杖，一手用手帕擦拭眼睛。一只眼睛已经不存在了，剩下的也是昏花老眼，哪里还有美目盼兮的痕迹。

　　走了一段路，冬忽然往回走，说我们还没有坐下说话呢。秋低声说，她又忘记刚才的事了。三人相顾叹息，大声劝她说："已经聚会过了，现在该回家了。"冬似信非信，三人拥着她向前走。她磨蹭了几步，渐渐像是明白了。

她们要分手了，一辆小车在溪边等着，春和夏上了车，秋和冬向另一条路走了。我决定跟着春，我纵身坐到车顶上，这对我是很容易的事。其实我即使坐到车里，也不会挤到她们。夏先到家，她下了车，消失在公寓窄而黑的门洞里。春的住处要舒适得多，当然对丁遗孀是有照顾的。我不经邀请便随着主人进了门。墙上挂着一张大照片，是那位将军。照片前摆着一瓶花，这些我猜都是给别人看的。房间里很空，春在沙发上默坐，看来老友的聚会使她愉悦。我很恨自己不能和她谈话。这时她忽然自言自语："她们三个人都老了。我想我老得最快。我这自言自语的习惯怎么得了？我跟谁说话？没有人跟我说话。就是在最热闹的时候，我也觉得没有人跟我说话。我笑别人自言自语，其实和自己说话是很自然的事。"她起身做着简单的家务事，不停地自言自语，也不停地擦拭眼睛。这是一个习惯动作。

电话响了，她正在水池边洗什么，没有听见，我无法替她接，近来我觉得自己的身体越来越松，像要散开来似的。最初几年还能做的事，现在完全不能做了，好像我也在老去。好在她总算关了水龙头，过来拿起电话。那边什么人问她的健康情况，她漫不经心地回答，看来这都是照例的事。她放下电话又坐在沙发上，仍旧喃喃自语，听不清说些什么。

有人敲门，接着说："你的信。"春站起身去接了，说了一声总是麻烦你，一定是一位好心的邻居。她接了信，正面反面看了半天，又在阳光里照了一下，显出惊异的神色。信封上写的是法文，她小心翼翼地拆开了，取出信纸，双手捧着呆了一会儿，又看了一会儿，好像不相信自己的眼睛，念出声来：

这些年来，我时时都在想念你。这是一句很普通的话，一天有二十四小时，若说时时是夸张了，不过你可以想见我的想念。你是不会想念我的，我也可以想见。我从报上得知你现在是一个人了，我们都快走到生命的尽头。我到海外已多年，走得太远了，不知道怎样能走近你。

我后来做了中学教师，政治上做了结论，没有任何问题。这句话很轻易，但是逝去的年华再不能回来了。谁来赔偿？我不想说这句话的，可我忍不住。我希望你过得好，也许我会回来看你。我多么想见你。

扶苏

你曾说这怎么是秦始皇的太子的名字，太子

是怎么死的？我不记得了。

扶苏的字迹有些歪斜，他一定也已老得不堪。想当初，他俩一同南下，满怀的雄心壮志，令众人称羡。那时都说她是受他影响才决定走的。胡烁把扶苏说得一钱不值，脸上却带着调皮而又无可奈何的微笑。我却很服气，只希望他们幸福。我随时都在祝别人幸福。以后的事，就很不合情理，在那时却并不少见。我们只听到些传闻。现在传闻就在我眼前。

"你还在人世！"她大声对着信纸说，手上的纸抖个不停，"我对不起你，我从来没有把你真的当坏人，却没有勇气和你一起承担命运的残酷。"她一面说着，又从柜中一个带锁的抽屉里取出一个很大的封套，我好奇地站在她背后看，里面都是信，她取出最下面的一封，信纸已经发黄，字迹也很模糊。她取出信纸四面看了一下，低声读这封信，她好像什么都要说出声音。

我要走了，发配到甘肃某地，地图上有这个地方。你不要来看我，那会连累你。如果我死了，你也会好好过的，那是一定的。我不会直接得到你的消息，但是消息会转弯。你会哭吗？我希望你不会。

扶苏

下面又有一行小字,写着:扶苏已经死了。

大滴的眼泪滴落下来,打湿了信纸,那些字迹要更模糊了,我叹息。她把信纸提起来,轻轻吹了一会儿。然后才仔细叠好信纸,又坐在沙发上,低声哭泣。有人按铃,来的是小时工。她隔着门说今天没事,明天来吧。这时她不想见什么人,愿意一个人自言自语。

"他没有死,扶苏没有死。要见面是不可能的。他会吓死。他怎么知道我的地址?是的,那很容易打听。在他发配一个星期以后,我结婚了。我是在完成一种革命任务。有人这样教导我,那时候我们都是很愿意听教导的。如果自己的想法与教导不相符,便总是觉得自己错,需要改造。"

可不是!我对着春点头,我们的地位就是听教导,顺从教导。这就是思想改造。这个道理我是逐渐明白的。我很想告诉她,她仍在继续自语。

"在当时的情况下,我只能这样。这是我自愿,没有什么可抱怨的。我的丈夫是好人。"她抬头看看照片,问道,"你是吗?"照片中人很威武。如果他会回答,他会自豪地说:"我是的,我是好人。""可是你伤害过那么多人，"春的声音很大，"当然，那不是你个人的问题，我们过去的年代是没有个人的。只有组织，一切听从组织安排。"她渐渐停止了哭泣，对着新信旧信发呆。封套里的许多封信一定都来自扶苏。她怎么能保存下来？我很想问一问。保存了又有什么用？她仔细地爱抚着，把它们收好，仍放在带锁的抽屉里。自己慢慢走到桌前，摆出简单的午餐。

门铃又响了。她去开门，还是那小时工。小时工怯怯地说："奶奶，你不要我来，垃圾都两天没有倒了。"春叹口气，让那女孩进来，自己坐下来吃一片面包，喝一碗只用汤料煮成的汤。那女孩轻手轻脚，春不再说话。

春进卧房休息，我很守礼地坐在客厅，一个书柜里有几本建筑方面的书，那离我也很遥远了。一个精致的镜框装着一张设计草图，那是一座带走廊的楼房，有一段房屋好像在空中，这正是那扶苏的毕业设计。当时同学们都很羡慕扶苏能设计出这样的图样，我居然能认出来。她一直保留着，天天看着。这能给她安慰还是伤痛？她怎样对她的丈夫说？我想编一个故事，可是编不出来。

我似乎也睡着了，如果我会睡觉的话。我们的处境本来就是长眠。我在睡梦中飘进了镜框，原来那座房屋在水上，经过一段石桥，我飘进门，这是一个厅，水从房顶流过，我知道这是扶苏的想象。一边有宽大的楼梯，两个人正走下来，他们都年轻，很漂亮，仔细看时正是扶苏和春，我走过去问你们是不是要去结婚，他们不理我，走到窗前，看着屋外的瀑布。在这水晶帘下，扶苏正处在无边的幸福中，他的事业和爱情就在身边。春也是一样，扶苏对她说："这水是你安排的。"春浅笑。这时从扶梯上又走下两个人，他们是老人，互相搀扶着，小心翼翼地对付那些台阶，每下一阶都是一个胜利。那女老人是春，那男老人是谁？是扶苏呢？还是将军？这时年轻的人回头注视着年老的人，春忽然大声说："这是假的，这是梦。"于是年老的和年轻的四个人都消失了。我想上楼去找，却无论如何上不去，好像有着看不见的阻力在推着我，把我一直推出屋外。屋外的水涨了，变得茫茫一片，找不到桥。我不用桥，飘飘忽忽从水上走过来，觉得自己正向四处飘散，我努力把自己聚在一起，还是一个躺在沙发上的我。

春正在接电话："哦，天很好，出来走走？你做了比萨饼？"

春沉吟了一下，对方显然是夏。"你这两天干什么？""翻破烂。"电话的声音很响，"几乎两天没正经吃饭，今天想吃点什么，你来不来？""我来，就来。"看来已经过了两天了，春的悲伤消去了，精神看上去好一些，一低头，一抬眼，居然还有一点痕迹。什么痕迹？很难说。春很快收拾自己，临出门时在那幅设计前站了一会儿，这大概也是她的一个习惯。我不知道她在想什么，是不是也看见了扶苏？

春和夏的住处不远，若是横过马路，几分钟便到，但春不过马路，绕过很长的街，拐进楼群。她的棕绿两色薄呢帽受到一些人的注目礼。像四季女儿这样的老太太，看起来总是和旁人不大一样。春小心地走着，我循着注视她的目光看过去，看见一位佝偻的老人，勉强抬着头，目光随着春移动。我心中一动，这会是扶苏吗？不可能的。他的目光很快转向另一位过路人，也是一位老妪。他像是在寻找什么，寻找他那永不会回复的过去。扶苏也在世界上的某一个角落寻找，也许正在走来，但他是永远走不到的。

我们走进夏在三层楼的居室，楼梯窄而陡，不知夏怎样走上来。室内很拥挤，中外文书籍、大幅地图、地球仪等都是占地盘的，再加上大大小小的石头，挤得人到处需要侧行，春对这里很熟悉了，侧着身子自如地在房间里穿来穿去，帮着在小阳台桌上摆茶具，很高兴的样子，又从微波炉里取出新烤的比萨饼，香气弥漫开来。夏在房间里用单腿跳来跳去，熟练地扶扶桌子扶扶椅子就到了目的地。她们又谈起儿子和女儿，说孩子们小时候是多么可爱。春说小儿子是我们大院里最漂亮的男孩；夏也不示弱，说，我想我的女儿是地质系统最漂亮的女孩。两人轻轻笑起来，又同时解释道："说的是小时候。"夏又去取餐刀，碰着一小堆石头。石头倒下来，春忙过来接过刀，问："碰着哪里了？"夏微笑道："不碍事的。"春皱眉道："说真的，以后这些石头怎么办？"夏没有回答。

春切比萨饼，夏斟茶，然后惬意地坐在阳台上。我坐在写字台前正好对着一些纸张，它们东一张西一张，这大概就是"破烂"了。我虽然不能翻阅，却看到许多个阶段，我很快看出来这是夏的日记，她大概在整理日记。日记的纸张很不统一，可以看出写作时不同的环境。有一张发黄的纸，上面写着："这样昏暗的灯，使我很沮丧，我想念幼时的家，那么明亮，因为父亲常常要看地图，还有石头，也许我的血液里就有这类遗传因子。"

我记起夏出身名门，是一位地质科学家的独生女，这位科学家过早谢世，不然也是会享大名的。历史学者可以从石头寻找出一段人的记忆，地质学者可以从石头寻找出大自然的记忆。夏似乎从石头得到了两方面的收获。

春往杯中加了一勺糖,用小茶匙搅动着。夏道:"你总是在吃糖,你不怕胖?"

"胖了怕什么,反正也没有人看。"春用纸巾擦拭着眼睛,"你在我们四人中是最成功的,你和石相爱又终成眷属。"

"也许吧,"夏沉思地说,"我从山崖上滚落,摔伤了腿,躺在地下。看见石拼命推开灌木丛挤过来,那时我真觉得平安,什么也不怕,因为有他在身边。治疗后腿短了一截,我还不习惯。他背着我来来去去,我们就像一个人。后来又出了右派问题。可无论怎么苦,我总觉得有依靠。"

春低着头,说:"我算是有依靠了,可是心里总是空空的,填不满。"

夏说:"你一直是好孩子,很听话。"

"那时只知听话,封建家庭还可以反抗反抗,革命是不能反抗的。如果有反抗的念头,也会被自己消火,自己要自己服从。你虽然当了一回右派,是不是倒感觉了一些自由?"

夏一笑:"在研究那块石头的时候,我是自由的。在送那杯水给他的时候,我是自由的。可是有些事你们都不知道。"夏的目光落在桌旁的石头上,沉默了。

桌上正好有一张纸，清秀的字迹写下了这一段："我认识石已经很久了。我们一起跋山涉水，很谈得来。今天是一个值得纪念的日子。我们研究一块石头，各自为它写出了报告，没想到队长拿着两份报告正颜厉色地问我们：'你们是谁抄谁？'他和我一样惊异，果然，报告上两个人的看法和行文的方式几乎完全一样。这样的情况是很少有的。无怪乎队长要发问。我们确乎没有交换过意见，不知为什么，我很高兴，大声说谁也没抄，石似乎也很高兴，却没有说话。这块石头是个标本，是大自然的标本，是大自然赠给我们两个人的礼物。"

我做出了一个小结：夏就这样寻着寻着，寻到了她的丈夫，石是一位颇有名气的科学家，他俩因为对一块石头的极为契合的看法，结为伉俪，也为国家寻找到一大片矿源。他们在成功的荣耀中走进了"反右运动"，两人先后都被打成右派，被夺走了最有创造力的年华，不然他们的成就会远远超过现在。我始终不明白，怎么会发明出右派这个词。制造出这么多"敌人"，究竟对谁有好处。现在流行的看法是右派是好人，是聪明人，石、夏两人当然是这一类。

地下有一张纸，还是那笔记，写着："组织上找我谈话，很郑重地通知我，石已被划为右派。要我和他划清界限。我已经从这几天机关里的气氛感觉到了。石对领导的意见太尖锐了,他本是个不多话的人,一下子说了那么多,我本是个爱说话的人,在正事上反而说不出什么话。可是我知道他的话是对的,领导要我表态,我含糊其辞。我愿意划清界限,怎么划?灯太暗了。"

这时阳台上传来夏的声音,夏正在讲述她的这一段经历。

"你知道吗?你其实也知道一些。因为你经历过'文化大革命'。不过右派是另一回事,当时是很认真地被看做是坏人,连自己都认为自己是坏人。而'文革'中,'坏人'太多了,大家都差不多。石成了右派以后,因为态度不好,连续升级,不停地批判,后来就隔离。隔离以后,一次开批判会,他左看右看,我知道他在找我,便倒了一杯水走上去递给他。当时全场大哗,底下有人叫:'好大胆!'于是我以火箭速度也被定为右派。"

春说:"你也真够大胆的。"

"我只有一个想法,让他看见我。让他知道还有我在关心他。如果我要多想一下,也许就不这样做了,就只能老实地待着,死人一样。打抱不平,还可以赔一条命,何况他是我的丈夫。"

我飘飘忽忽来到阳台上,看到春又在习惯地擦眼睛。夏捏着半片面包揉来揉去,我想这个话题她们已经说了不止一遍。

"我们的历史,尤其是这一段,这些形形色色大大小小的运动留下的历史,比大自然留下的痕迹要复杂多了。以后的人永远没法子弄清。"春叹息道,"这是最大的悲剧——其实也罢了。"夏微笑道:"我知道,你只希望一个人清楚,别人是无所谓的。"春用手遮住那只病眼,这半边脸忽然显出一种姣好,正是她年轻时透露出的那种春天的气息。我走近她,她站起身去厨房拿什么,当然不是躲避我。回来时又在擦拭眼睛。对夏说:"你太懒了。满桌满地的纸。"夏说:"我在翻看以前的日记,真奇怪,这些日记怎么能保存下来……"

夏揉碎了一片面包,又拿了一片揉着。她像下了决心,对春说:"我今天要告诉你一件事,你们都不知道的。"春说:"你还有我不知道的事?"夏说:"这是一件全不合逻辑的事,后来就像烟一样飘散了。"春说:"说吧,我喜欢听鬼故事。"

"那不是鬼故事,是一件事实。运动中的苦难大家都听得多了。'反右'后的惩罚是石随着地质队到处漂泊,从一个省到另一个省。后来就在云南南部的一个村庄里驻扎下来。我的右派的级别是最轻的，派在资料室，其实这种惩罚变成休息，我那一阵子很逍遥。石难得回来。他仍然努力工作，我们很少写信，不敢写。有一年，有一天他回来了，这是我们的节日。可是，我们毫发无间的契合似乎有了隔膜。他问我：'如果我有对不起你的地方，你会怎么样对待我？'我很惊异：'我没有负过别人，我相信你也不会的。'石说：'我说的是对你，不是别人。''说明白些。'我说。他双手捧住头，不看我，说：'说不明白。'"

夏停住了，半晌不说话。春询问地望着她。夏把捏碎的面包倒在一个塑料袋里，一面说："不说了，说了你也不明白。"春微叹，低声说："可能有些事，就是不必说。"

我又回到屋内，在散开的纸张中，随便端详着。在一堆书上，歪斜地躺着的那一张，告诉了我一段故事。他们走过一个又一个运动，来到了"文革"，比较起来他们受苦不很多。丈夫是自然死亡，不是被打死或者别的古怪方式。他走得相当平静，不平静出现在他去世后约两年。一个寒冷的黄昏，有人敲门。我不觉抬头看看房门。纸上的字句说："走进来的是一个七八岁的男孩，很瘦很脏，他愣愣地看着我。我也愣愣地看着他。'找谁？''找你。'我站起来走近一步，

'你知道我是谁?''你是——'孩子仍愣愣地,忽然跪下来,放声大哭,抽噎着说:'我妈死了。''谁是你妈?'我吃惊地问,'你妈是谁?'

"'你不认得她,可是你认得他。'他伸手指着墙上石的照片,'他是我爸。'"

我和纸上的"我"一起吃惊。阳台上的春不知为什么"啊"了一声,我抬起头,见她们两人挨得很近,一个在说一个在听,声音很低,我听不见,仍看纸上:"孩子交给我一个信封,白信封几乎成了黑色,但可以辨认出上面的字迹。那是我的名字和地址。还有三个字:'拜托了。'那笔迹揉得粉碎我也是熟悉的。孩子呜咽着说:'我爸说了,如果过不下去,就去找你。你是世界上最好的人。'

"我忽然明白了石说负我的意思。其实以前我也有些怀疑,但我不愿那样想。面对这个无辜的孩子,我当时最先想到我该怎么办,马上自己回答先把他洗干净。他就住下了。我接受了这个孩子,他是我女儿的弟弟。女儿欢迎这个弟弟。她说他的到来有点像大卫·科波菲尔投奔祖姨。我觉得自己完全理解石的行为,他太苦了。我们分别太久了,他的处境又那样艰难,需要照顾,需要温情。孩子生得很秀气,眉眼有些像石,不过我想他更像他母亲。这孩子的母亲一定是很温柔、善良的。她只是不幸生在农村里，就本质来讲，农村女子绝不比城市女子逊色。那时人和人之间很少来往，我对负责资料室的刘大姐说以前在地质队时一个房东的孩子找了来，他很困难，我要收养他。刘大姐恰好生着一副菩萨心肠。在当时油炸火烧碾碎骨头找茬儿的情况下，剩下的菩萨心肠不多，却还是有的。她也可怜那孩子。孩子洗干净了，一副多愁善感的模样，很懂事，很快就学得很知礼。我们就叫他弟弟。他尽量不添麻烦，可是在那种时候，麻烦是躲不过的。

"首先遇见一个问题，就是查户口，后人不会再懂得什么叫查户口，我们在解放前经历过，在'文革'中也经历了，知道弟弟存在的人很少。那时每逢节日总要驱赶外地人以保障首都的安全，驱赶的一个方式就是半夜查户口。遇有外地人就带到一个地方集中几天，然后遣送回去。这也是很不可思议的事，但'文革'时什么事做不出来？留一条命就是好的。来查户口的人气势汹汹，他们追问弟弟是哪里人，来做什么。我说他是孤儿，我要收养他，那些人说，你凭什么收养他。你配收养孩子吗？弟弟很勇敢地站在我面前，好像要保护我，问他，他只说父母都死了。来投奔我，不多说话。那些人把他带走了。第二天，刘大姐费了好些周折把他领回,他究竟是个孩子,经过一夜折腾他显得有些心不在焉,像在想什么。我知道前途困难重重,我希望那些剩余的菩萨心肠能连接起来给他铺出一条小路。

"女儿从学校回来,总带些画书糖果。我们三个人在一起很像一个家,虽然破碎,也还温暖。女儿笑着对弟弟说,你怎么不是个女孩子呀?你若是女孩,可以继承我的全部衣物。弟弟也笑了,神气真有点像女孩。我说男孩更好,男孩去找石头方便些。我会用白菜帮子炒出最可口的菜,你信不信?女儿赞不绝口,弟弟用眼光附和着。他的眼光一度慢慢明亮起来,可是终究逃不过风暴。

"那是小孩子的风暴。你应该知道小孩子是多么残忍。弟弟平常很少出去,一次出去买酱油,正遇见附近一个中学放学,许多学生从校门里走出来,其中一个看见弟弟,可能觉得眼生,上来盘问。弟弟吓坏了,酱油瓶掉在地下,弄脏了那孩子的裤腿。几个孩子上来打弟弟,那时的孩子被训练成斗士,要高举斗争的旗帜,斗争性强当然也包括打人。我看弟弟许久未回,便出去找,看见弟弟躺在人行道上,满脸是血,副食店的人告诉我刚刚的一幕,他们出来劝,也挨了几下拳脚。

"我抱他先去附近小医院包扎了，只说是自己跌伤了。医院的人用疑惑的眼光看着我们，那时的逻辑是挨打的准是坏人，谁敢打好人呢？

"伤并不重，弟弟的眼光却始终没有明亮起来。伤一天比一天好，他的精神却一天比一天衰弱，接着又是一次查户口，半夜里来的人更多，把我审了半天，倒是没有把弟弟带走。他们走后，我累坏了，躺在床上，弟弟忽然走过来叫了一声：'娘。'这是他自己发明的称呼。我说我没事，要他好好睡，他答应了。那天女儿不在家，她是住校的，她若是在家，可能不会这样。"

春睁大了那唯一的眼睛看着夏，等着下面的话。夏站起身跳了两步到窗前，拉了拉本来就很靠边的窗帘，看着窗外似乎是自言自语："弟弟死了，跳楼自杀。"

在二十世纪六十年代的中国大地上，曾经盛行自杀，为此还专门发过一个文件叫做"刹住自杀风"。自杀成风怎样解释？也许后人要研究一个为什么，就像研究老鼠为什么集体自杀一样。

阳台上是一阵沉默，然后响起了啜泣声，是春在哭。她哭的不只是弟弟，也在哭自己，我知道。夏没有哭，她已经哭过了，她用刀切着比萨饼，把它们几乎切成碎末，刀子碰到铁盘发出尖锐的声音，又是一阵沉默。夏低声说："过去的已经过去了，不说也罢。告诉你一个消息，地质学院要编石的文集了，他曾踏在祖国大地上的脚印，无穷数，不知能排成多少铅字。"春呜咽道："日子只会向好处走的，只是我们不能再活一回。"

我离开了夏的家，在城里飘忽了一阵，春和夏的生活让我觉得十分沉重，好像头和胸膛里都塞满了铅。我到处撞来撞去，想把它们撞碎。那怎么能做到？不知过了几天，我的心情好了一些，渐渐轻松起来，在街上慢慢走，东看西看。

四

"辛文佳撰文论述我国小说传统及英国小说传统的异同，引起读者的兴趣。"

我一下子站住了。辛文佳是秋的大名，这一行字杂在学人近况这篇文章中间，忽然跳到我眼前。我凑近去看，消息不多，只说她仍在努力工作，有很多年轻人关心她，她不寂寞。秋的生活这样好吗？文中还透露了她住处的大概方向。我向四处看，立刻找出了那个方向。

不知从什么时候开始，下起雨来，报栏上滴下水来，一滴一滴，很慢。秋的近况不久就会被打湿。我要去看她，面对面的。我走进秋住的小区，到居委会四处张望，希望墙上贴着地址，但是没有。如果我能问，一定会得到回答，可我不能问，这时有一个女青年替我问了，居委会很小心地给秋打电话，说有人来访，那女青年笑说她老人家会见我的，我们约好的，可是我把笔记本丢了，地址也丢了。她满不在乎，当然因为她年轻，她可以找。我跟着她，走过一幢幢有绿地间隔的楼房，来到秋家。那女青年很小心地在门外擦脚垫上擦过了脚，这些麻烦事我是用不着了。

秋的房间很整洁，四壁图书，各种文稿一点不乱，我很佩服，她的风帆还没有收起，那架斯坦利钢琴靠在墙边，它仍然在，还是那么光亮。我想弹起来一定还是那么好听。她坐着，向来客微笑，示意那女孩坐下。那女孩恭敬地鞠躬，呈上一封信，我猜是介绍信，果然是地方上一位教授推荐这女孩来考秋的博士生。

女孩说她醉心比较文学研究，如果能投在秋的门下，就此生别无他望了。秋很温和，说她还没有决定今后还招不招博士生，因为还有别的事情要做。如果她招的话，会有招生简章的。她安慰女孩说："我已经对你有了印象。"女孩又谈了一些对文学的看法，说是要研究对鬼魂的描述，比如说哈姆雷特的鬼魂和聊斋的鬼魂。我听了不觉浑身一颤。

秋专心地听着，后来微叹道：写鬼其实是一种向往，因为人总是要老的要死的。死意味着结束，可是很少人甘心结束，便有了鬼魂。那是很美丽的想象。不同民族对鬼魂的想象是不同的。西方男鬼多，中国女鬼多，你有没有注意？女孩用心听着，不时抬起眼睛看秋，不知为什么忽然满眼含泪，她站起身鞠躬告辞，泪水滴在地板上，连忙用纸去擦。秋温和地说不必了，又亲切地问有什么为难的事吗？女孩默默地从包里取出两份杂志，翻到一页，正是秋的照片，那大概是她五十岁左右的照片，盛鬓丰容，很有神采。那时她开始成名。秋立刻明白了，轻叹道："现在是老而丑了，是吗？"女孩点点头，我想她可能想到自己也会变老变丑，这种为难是无人能解决的。她们两人对看了一会儿，女孩再鞠躬，告辞走了。

秋站起身送她到房门口，又转身走到阳台上坐下，看着窗外。窗外有两棵白杨树,叶子在雨中很绿,很光滑。我发现她走路的姿势很特别,却想不出问题在哪里。阳台上很亮,她的脸上东一块西一块的老年斑好像放大了,还有几处莫名其妙的红色,显然也是病或老所致。我不由得又心头一颤,怪不得那女孩要哭。我的审视一点没有打搅她,她安详地看着白杨树。我不再看她,而去端详墙壁,墙上挂着辛校长夫妇的照片,辛校长在"文革"中猝死,夫人也一恸而绝,当时大家都很震动,现在照片中人还没有老。钢琴上摆着她和丈夫阿潘的照片,照片上两人都还年轻,靠着一段栏杆,秋的一只脚稍稍抬起,登在栏杆上,很调皮的样子。他们离婚以后,阿潘调到我所在的小城,后来也没有复婚,秋倒还摆着两人的合照。阿潘是十多年前患病去世的,能够自然死亡,算是善终。旁边摆着的照片中是一位时髦女性,眉眼略有些像秋,当然是她的女儿蔚来了。我想她幸亏有女儿,不然这房间里除了她就是鬼魂了。

一个中年妇女拿着电话走过来,看上去像是陪伴一类,一手掩住话筒一端问:"先生,接电话吗?"秋接过话筒,显然是工作上有来往的似熟而又不熟的那一类,邀她参加一个聚会。秋辞谢了。她交回话筒,想要站起身,可是右半身似乎动作困难,那陪伴忙放下话筒到右边搀扶她。可是秋用左手拉住陪伴的手，很费力地站起来，说："好了。"我想她大概曾经中风，或是别的病痛，右侧神经有问题，走路的样子有些特别，也是因上肢引起。

一只喜鹊在树上跳。"嘿，小心滑倒。"原来她在对鸟儿说话。她在窗前站了一会儿，仍走到书桌前，对陪伴说："今天上午不接电话了。"她打开电脑，一行字很清楚地显现出来。我很快明白了，这是她的回忆录。现在盛行回忆录，每个人都认为自己的生活很有价值，不应泯灭，要记下来。这也许是多多益善，怕的是不真实的编造，煞费苦心的涂抹。不知底细的人往往要上当受骗，历史也更难弄清。真的，不要说回忆录，连正式的历史著作也是错误百出。现在所谓的著作太多了，胡编乱造说梦话也算历史著作，还有所谓的"纪实"应该改为"记梦"。想象力倒是挺丰富的，可苦了后人，怎么分辨呢？秋亲历了一些历史事件，应该记下来，她是一个诚实的学者，会记下真相。我怀着极大的兴趣盯着荧屏，谢天谢地，这文字在电脑上慢慢流动，不需要翻阅。

真奇怪，荧屏上显出一个卡通娃娃，围着红肚兜，脚下踩着两个轮子。我略一思忖，悟出那是哪吒，他踩的是风火二轮。只见两轮飞速转动，长长的火焰像一面面旗帜在飘扬。秋聚精会神地看着荧屏，我想不出她和哪吒有什么关系。

哪吒在奔跑，我转过脸去看钢琴上的照片。照片上的阿潘眼睛似乎动了动，他看见我了。这时秋忽然大声说："你要看吗？你看得懂吗？你先不用看，这是个草稿。"原来一只猫儿跳到荧屏旁。她是在和猫说话。哪吒已经不见了。

荧屏上显出"铸心"两个大字，下面是题解：

> 这一段历史我题为铸心。人们被要求扔掉自己旧日的心，铸造一个新的心，这就是思想改造。

据《二十世纪中国大事年表》载，一九五一年十一月三十日，中共中央发出《关于在学校中进行思想改造和组织清理工作指示》，要求立即开始准备有计划、有领导、有步骤地于一至两年内，在所有大中小学教职员中和高中以上的学生中，开展学习运动，进行初步的思想改造。该运动要求知识分子通过批评和自我批评，认清阶级立场，批判个人主义，并组织"忠诚老实交代清历史"运动。

思想改造运动开始了，批评和自我批评像烈

火一样烧向那些大家认为不符合新时代的思想。每一个人按个人的身份，都要经过小组会、中组会、大组会的讨论，交代各种问题，人人好像都成了罪犯，到"文化大革命"时就很明白地说是认罪了。五十年代初，这些人其实已经是在罪人的地位，处在被改造的地位，这种改造不是一两年而是二十八年，直到一九七九年大家才除去头上的紧箍儿。

我从父亲和他的同辈人身上看到这改造是怎么样一步一步将他们变为木乃伊。我也看到自己这一代人怎样把血肉的心变成石头的心，装进自己的身体里，那很沉重。

荧屏上又出现了哪吒，他正在剔肉还母、剔骨还父。这本是个血淋淋的场面，显示出来的却是一个舞蹈，动作似乎很艰难，仿佛有无形的镣铐压着他，锁着他。他痛苦地挣扎，撕裂着自己，大滴的眼泪随着身体的舞动撒开去，出现了一个泪池，他浸在水中，扬头向天，似乎在大声呼喊。

还了父精母血，原来的哪吒，那屠龙的哪吒，顽劣不驯的哪吒，已经死了。水上出现了一朵朵莲花，它们慢慢地聚在哪吒周围。莲花向上生长，托起了他的头。一片片花瓣缀成了他的身躯。莲花受如来佛的派遣而来，带着佛法，这就是脱胎换骨。

哪吒可以投奔佛祖，可怜我们——

一九五二年×月×日晚上，父亲告诉我第二八轮到他检查，他的检查稿有厚厚一摞，我笑道，有那么多可检查的吗？父亲说："我把想得出来的都写上，没有什么可隐瞒的。我从来就是想办好一个大学，写一部好的历史理论书。以后我还是要这样做。"父亲已经出版好几部历史著作了，这一部是有关历史理论的。已经写了好几年，可是没有写完。

那正是春天，小溪边的草绿得发亮。远处传来雷声，我怎么会记得那雷声？

一九五二年×月×日，我下课回家，晚饭时父亲还没有回来。母亲到门口去看了几次，七点多钟，父亲回来了，知道我们等急了，开口便说："今天不是我，本来是要我第一个检查。现在移到最后一个。"母亲问："为什么？""谁知道呢？今天是田康水。他的检查我看很全面了，可是大家提了不少意见。有的简直难以想象。"母亲热了饭来，父亲默默地进餐。对母亲说："事情不像想象得那么简单。人家对我们的看法和我们自己的看法距离很大。"母亲说："先别想了。"

我真想不出田康永是怎么检查的，他是爸爸的老朋友，也是我们全家的老朋友。他平常说的话几乎每句都可以选入幽默集。就这样检查吗？想不出。

这只是一个比较轻松的开始。雷声自远而近。第二天，另一位先生受到的批评就更严重。他一次检查没有通过，又进行第二次检查。我们发现检查的安排是先易后难，越到后来越难通过。这些显然都是安排好的。父亲那一摞检查稿已经换了好几页，显然是受到别人检查的启发。终于轮到父亲作检查了，这一天母亲和我都悬着心，我们以为他会更晚回来，不料他倒是准时坐在饭桌前。父母的脸色都很阴沉，我关心地问："意见多吗？"父亲抬头看我一眼，喃喃地说："枪林弹雨。"我们都没有再说话。

文章在荧屏上缓缓移动，我也被带回那一段历史。我记得当时曾有几篇文章介绍辛校长的检查，他的检查逐渐深入，提高。作为一个代表人物，他的检查分两方面，一个是大学校长，一个是历史学。他说他的历史观当然是唯心主义的。他当了许多年大学校长是为国民党政权服务的。这是第一阶段。第二阶段他说他没有认识到他的历史学著作给青年极大的毒害，现在认识到了。办大学教育，起的作用也是不利于工农阶级的。在辛校长以为这是无情的解剖了，可是检查所要求的还不止于此。当时我读了很有些遗憾，因为觉得他的旧历史观很有意思，甚至有些美感。他把历史比作一棵树，不断生长，不断落叶，再生长再落叶。我在遗憾之余，又庆幸有这样一场思想改造，让他检讨了，免得我被迷惑，走入歧途。

作为校长，辛先生的批判会规模很大，我也参加了。主持会的是市里教育方面的负责人。他要大家帮助辛校长，绝不要碍于师生情分，知而不言，言而不尽。他把"知无不言，言无不尽"这个常用句换了两个字，显得有创造性。每个人都很激动，都觉得自己在为真理而斗争，悄悄地给自己打气。几个人发言后，会场气氛并不热烈。忽然一个女低音响起来，声音显得平静，那是冬。我惊讶得几乎从椅子上跳起来。她说辛校长最大的罪恶就是毒害青年，她自己就是受害者，发言时竟痛哭失声。好几个人盯着她看，脸上露出不解的神情，大家不懂寡言的冬怎么能这样慷慨陈词，作为辛校长入室弟子的冬，怎么能这样上纲上线。会场一下子活跃起来，便有两三个人学样，发言激动而夸张，我想他们是不知而言。冬发言以后，沉默了一阵，会近结束时又站起来，说还要继续揭发。我相信冬是真诚的，以为自己很革命。冬进步了，我当时想。

现在我对这些批判有四个批语：鬼迷心窍。这对我们这一类有些不公平。但就一般的了解，可以暂时借用。

荧屏上的字又吸引了我的注意。

父亲原以为，在忠诚老实方面没有问题，他本是个坦率的人，以诚为立身之本，可是竟发生一些想不到的事。他和教务长黄先生同时加入国民党，都是当时的一位显赫人物介绍的。因为他们负责学校的领导工作，他们必须加入。黄先生说他当时并不愿意，可是为了顾全大局，只好加入。当时就有人问："是辛慎钧动员你的吗？"黄张口结舌想了一会儿说："没有。"有人说不可能，他又想了一会儿，说我们一起商量过。在父亲交代自己的问题时，便有人提出他发展别人的问题。父亲想不起来他们是怎么样商量的，是否自己起了动员作用。"也可能吧。"父亲认真地说。因为那是不得不做的事,而且那时他并不觉得特别不好,国共合作期间许多重要的共产党员也加入了国民党。如果是当汉奸之类,那是杀头也不能做的。帮助他的人马上又找到了新题目,说他在检查思想时还标榜自己不当汉奸。

一九五二年×月×日,父亲明显的瘦了。这几天批判会开得更勤,火力更猛。系里找母亲谈话,要她帮助父亲。母亲说骨髓都榨出来了,还要怎么样。母亲身体一直不好,我只有劝慰她凡事想开些。其实我自己也很想不通,却要装出通的样子。

我也遇到了麻烦。虽然研究单位比学校的运动规模小,人员也必须检查思想。我检查了两次,没有通过。原因是对家庭的认识不够,思想上划不清界限。我努力想达到要求,做了大篇文章,不料还是得了一个批语:"避重就轻。"有人大声吼叫:"你要揭发。"这吼叫让我吃惊,我的检查不是接受吼叫规格。我不说话,组长倒是和气地说:"思想要理顺是要时间的,慢慢来。"这组长就是阿潘,往事不堪回首!他找我谈话,我说辛慎钧的事,你问他自己好了,他的检讨一大堆。

阿潘说:"他归他,你归你,他检查是他检查,你揭发是你揭发,事情可以是一个呀。"我明白这是一种暗示。"我想想。"我说。

这天晚上,我回家很晚,路上遇见田康永,他留学英国,解放以后回国,现在仍是西装革履,有那么一种绅士派头。他住在校园另一端的几间平房里,据说原来是花园的门房。他说正要上我家去。又叹息说日子不好过,"人家追问我为什么回国,有人竟说我是不是负有特殊使命,尚且怀疑我是特务。我有时想我怎么没有做过什么见不得人的事呢,要真是特务,也就有可以交代的了。"我瞪着眼睛看他,"田伯伯,你说什么呀?"他也瘦多了,好像整个人都小了一圈。他忽然停住脚步,"组织上说,"他把这几个字连说了几遍,然后接着说,"组织上叫我来和你父亲谈谈,让我们互相帮助,交代问题,不然我也不敢来。"

我不知说什么好。进门后,他一径进了书房。我去端了茶来,走到门前,听见他们在说话。我不愿打搅,便放下茶杯立在门外。田康永说:"我从门房走过来,听见几个人谈论,说夜里不锁门也睡得很安心。也许真能实现'道不拾遗,夜不闭户',可是对我们这样逼迫有什么好处?"

父亲说："从领导者的角度来看，弄清每个人的历史是必要的，尤其在社会剧烈变化的时候，龙蛇混杂、泥沙俱下，你说的社会秩序的好转也说明这一点。我愿意配合，就是认识跟不上。"

他们谈到开批判会时的情景，对于他们那样的人，实在是很难堪的。好像人本来衣冠整齐、满怀信心地要在新社会工作，现在先把大家都剥光。剥光了还要再榨出什么来。只听父亲呜咽道："真希望当初多做点错事，也好有交代的材料。"我想起田伯伯在路上的话，真是英雄所见略同！我不想打搅，走了开去。过了一会儿，又到书房，听见有哭声，我忙走进门去，父亲和田伯伯正在抱头痛哭，哭声把两个斑白的头缠绕在一起。我愣住了，定了定神，转身去绞了两个热手巾来。田伯伯接过手巾，掩住脸。父亲泪流满面，勉强忍住抽噎说："只要对国家有好处，我们算不了什么。"我也哭了，我替他们哭。我哭比他们哭要合理得多。他们把手巾递还我，手巾上沾着他们的热泪。

我也要替他们哭。可惜我现在没有哭的能力。如果我们还会哭，早把世界淹没了。我飘到辛先生像前，他的神情有些呆板。我无法和他对话。作为魂灵的他，也已消散许多年了。

秋离开座位，也走到像前，我连忙让开。我觉得相片中的目光改变了，变得慈祥而关切。辛师母也在亲热地望着女儿。秋用左手遮住脸，又回到电脑前。

母亲从厨房走过来，低声问："有客人吗？问问爸爸要不要留饭。"我拉着母亲到后院，我们都觉得最好不去打搅他们。田伯伯停留的时间不很长，我们却觉得很久。后来他走了，父亲到厨房来，已经很平静，三个人把简单的饭菜望了半天，没有举箸。

夜深了，春天的气息从窗中透进来。那是青草和丁香花叶的气息。我还要对付明天的小组会，我写了好几页纸，批判家庭影响。这影响最显著的是要保持精神贵族的地位。然后又揭发父亲曾转述一个老朋友的话，那老朋友说他必须走，因为国民党统治下没有说话的自由，而共产党统治下不但没有说话的自由，更没有不说话的自由。这话父亲交代过。我打点好了草稿，想着明天要先给阿潘看一看。

第二天在离研究所不远的小树林前，遇见了

阿潘。他劈头就问："检查写好了吗？"他的关心是显然的，我们在一块石头上坐下，我默默地把检查递给他。他一目十行翻完。"这样的揭发实质不是揭发，不过也可以。最好再想一点什么，加重一些分析、批判。"我还是说："我想想。"直到下午开会时也没有想出来。我发言以后，阿潘先讲了几句，定了调于，就稀里糊涂通过了。

一九五二年×月×日。过了些时，形势似乎缓和一些，可能领导方面也觉得已把人逼到尽头了。又开了两次会，对父亲的批判有收的趋势。久挂在一边的田伯伯经过几次帮助，一位负责同志和他握手说欢迎你回到革命队伍中。我想这话不太对，他们怎么能说"回到"呢？我当时想，应该说："革命队伍欢迎你。欢迎你来到革命队伍中。"我问田伯伯当时怎样想，他沉吟道："不管是回到还是来到，我们实际上是漂在水面上的浮萍。"我微笑说："那就好好改造吧。"

一九五二年×月×日，这是一个可纪念的日子。父亲也回到革命队伍中了。这是市里的那位负责人宣布的。会后，他和父亲一起到家里来，又说了些勉励的话。我们以为父亲从此可以算作一个正常的人了，我们是太天真了。晚饭时，大家还是难以下咽。好像肠胃也像思想一样给打得七零八落,也需要整顿。

夏天很长,空气像是一团糨糊,时常有雷阵雨。我和母亲都怕打雷,父亲居然没有忘记那句他说过多次的话"狐狸才怕打雷呢"。我们到松堂去,母亲提议约阿潘一起去,在松堂吃饭时来了雷阵雨,雷雨过后,山更青,树更绿,遍体生凉,父亲随口说:"殷勤昨夜三更雨,赢得浮生一日凉。"阿潘也接口道:"这话可以来形容思想改造。"

新的学期要开始了,一天早餐桌上,父母亲仿佛都很高兴。母亲轻声说:"知道吗?爸爸又要上课了。"我也觉得心上一松。凡事都得有个头。"教师最大的愿望除了授课也还是授课。"父亲郑重地说,"总支书记说了,虽然可以讲课了,也还要注意思想改造。"我说:"那总不一样了。"思想改造运动以后,父亲仍在校长职位,但那是名义上的。他和系里关系更密切。对于他们这些人,只要能教书能读书,别无他求。困难的是每个人都有一个头,如果大家都甘心只用一个统一的头,事情就好办了。

这天我没有去上班,有人敲门,是冬。她对

我点点头,眼光把我从头到脚扫了一遍,像是观察一个陌生人。我也冷冷地打量她。她们三人本来都是我家的常客,尤其是冬,母亲把她当女儿一样看待,因为她没有什么亲人,是在教会学校周济下长大的。若说阶级成分,她可以追踪为宗室,也可以就地算作城市平民。我过去没有注意这些,对于我,她是同学,是朋友。她是怎样变成一个陌生人的?我想问她,可是我没有说话。她一直走到书房,大声说:"系里派我来做你的助手。""很好,"父亲说,"我很需要。""以后你的讲课提纲先交给我。"冬用一种命令的口气说。"很好,希望你提意见。"冬并没有答话,我觉得房间里弥漫着寒气。冬停留不到五分钟,说了不超过十句话,可是这寒气久久不能散去。以后冬隔几天来一次,对父亲说话的态度俨如上级。我们明白了,老教师上课,是树立批判的靶子,好让同学们操练枪法有的放矢,而冬就是帮助操练枪法的人。我有一次听见她和父亲谈话,口气非常傲慢,几乎是在训斥:"你的思想是隐藏不了的。昨天课后,同学们有一大堆意见。有些我替你解释了。大部分还得你自己多交代。"父亲说:"我们讲历史就要讲古人的历史,讲那最靠近真实的历史,而不是我们解释的。我们的解释是另外一部书。"冬说:"不对。讲历史要有观点。你连这点还没弄清楚。"她接着讲了一通道理,我发现她变得能言善辩,这还是寡言的冬吗?而我的话越来越少,我无话可说。她从书房出来,看见我,仍冷冷地点点头。我想起"冻死人"这个说法,她的谈论也散发着一股冷气。她的心正在逐渐地冻死,变冷变硬,在"铸心"的过程中,她是先进分子。

一九五二年×月×日,那天黄昏时下大雨。水从雨衣上流过,鞋袜都湿透了。回到家看到父亲站在院中。母亲在门内叫他,他不动。我走过去拉他,他还是不动。我要把雨衣脱下来披在他身上,他叹了一口气跟着我走进房里。母亲帮他换衣服,他说:"我是想清醒清醒,每次上完课都有一个小型批判会。同学们看来准备得很充分。什么道理?"母亲不假思索地说:"那是冬,是冬在作怪。"是的,冬作为助手的主要任务是帮助父亲改造思想。她当然是受命而为,不过她也太积极了。

父亲渐渐习惯了检讨,检讨自己的历史观,他认真地、心平气和地和同学们配合,日子有了暂时的虚假的平静。

不知从什么时候，人和人不再来往，只在开会的时候见面。只有田康永偶尔还到我家来，来和母亲说说话。父亲和田康永都变了，他们不只外表上瘦了，小了一圈，精神上也瘦了，萎缩了，好像有一圈看不见的篱笆，荆棘编成的，把他们的头脑圈住了，那是金紧禁三种箍儿以外的一种。它应该有个名字，这名字要由过来人一起讨论。

我大声叹息："第四种箍儿是看不见的，可是最厉害。它不只会制造头痛，还会让痛者不觉其痛。"我大声宣布这一看法，在房间里来回疾走，没有任何反应。阿潘从钢琴上望着我，他在想什么？

转眼几年过去了，人们是健忘的，社会在变化，似乎是要进入社会主义了。党中央提出百花齐放、百家争鸣的方针，使得这些读书人奔走相告，他们以为自己改造得差不多了，他们可以说、可以写了。紧接着一系列大会小会动员大家提意见，积极发言的人受到鼓励和表扬。父亲很想积极一下，帮助党整风。他写了发言提纲，对大学教育提出意见，认为大学教育的主要任务是培养有头脑的人,而不是培养没有头脑的工具。他反对做党的驯服工具的主张。如果人都变成了驯服工具,整个民族还有什么前途?母亲劝他不要讲话,他固执地说这是战略问题,关系国家民族大事的。有话不说对不起人嘛。他的意思是对不起党,不过不习惯那样说。母亲那几天身体不好,常在半卧床状态,为父亲发言之事十分焦虑。我说:"不是常常开会吗,让说话平常是只能说一种话,现在让说多种话,也很好。"母亲费力地说:"我是不懂,我就是希望他别去。"我笑着说:"除非生病,我看爸爸是一定要去的。"

夜里母亲来喊我,说父亲病了,急性腹泻。果然他躺在床上说已经泻了几次,很无力。真是莫名其妙。于是连夜找校医折腾了一阵。爸爸终究没能去开会。

田康永去开会了。田康永又活过来了,积极发言,以他特有的风格,发言又深刻又风趣,不料这次会竟以某月某日的专有字样载入历史。田康永说:"我们生活的最大痛苦是对非党人员的不信任。"我当时想,这是当然的现象,不一样的人怎么能一样对待。他的浮萍观还没有改掉。

以后的事谁也料不到,忽然间积极发言帮助

党整风的人，都遇到了弥天大祸。那天下班后，阿潘在小树林等我，说形势变了，知道吗？我们沿着一条小路慢慢走，望着西边的火烧云。这样的晚霞现在已经没有了。阿潘说："生活太复杂了。前些时，视为样板的发言，现在又成了批判对象，我必须检讨。好在我发言不多。"那时阿潘是一个研究室的副主任，各方面应付得很不错，我想他很累，每个人都很累。他拿着一片叶子在手里揉着，说："我记得你从前是喜欢高谈阔论的，现在话少多了，倒也好。"我说："我们生活的内容绝大部分就是说话，而且重复地说。我就要少说些。"他看着远天说："和你在一起，觉得平安。"平安是人最起码的要求，在很长一段时期却成了奢侈品。

"反右运动"开始了，许多人被划为右派分子，成为人民的敌人，和地、富、反、坏排列在一起。每个单位都有一定的名额，如果填不满，负责人自己就会被划为右派。刚刚恢复些元气的田康永进入右派的行列。父亲因时不时生病竟逃脱了。一天晚上，我们一家三个人坐在一起，父亲对我说："其实我的思想比田康永更右，应不应该去坦白？"母亲正在用小块碎布拼做书包，把手中活计向桌上重重一放，便双手掩面抽泣起来，父亲忙道："说说而已，说说而已。"

我们都没有上过战场，但在历次运动中，也是处在生死界上。父亲他们系里有一位女学生，被划为右派以后，总是为自己的思想辩护。因为检讨不合格有抗拒情绪，被枪毙了。

秋停住了，分明是不忍再写下去。她起身坐在沙发上。

我那时是有血有肉的活人。目睹了这次残杀，当时组织了几万人观看，很多人低着头不敢看。我看了，看见她那穿着白衣的、瘦弱的身影，她还讲话说她对不起党和人民，对不起毛主席。我几乎要跑下看台去，把她从枪口拉开，当然我没有，旁边有人小声说：要站稳立场。

秋又回到荧屏前，荧屏上的字幕继续流动：

要站稳立场，同情反动分子是万万不可的。许多人这样告诫自己。

阿潘去看了，他以后的检讨声泪俱下。田康永去看了，本来观众中老教授极少，而他被点名前往。据说他嘿嘿冷笑了几声，有人说田康永要发疯。

"反右运动"过去了,人们头上的紧箍儿又缩小了一圈。父亲原来便较谨慎,这时更是依靠党的领导,凡事唯书记之命是从。田康永的诙谐不知哪里去了,我为了让他开心,央求他说:"田伯伯你说个笑话吧。"他沉思地说:"让不会笑的人说笑话,是大笑话。"想了想又说:"真的,其实说笑话的人常常是不笑的。"我不懂他的意思,只觉得心酸。

大运动暂时停息了,小运动却接连不断。我不止一次拿出鲁迅的《知识即罪恶》来读,母亲也读。文中的"油豆滑跌小地狱"让我们不止一次落下泪来。我仿佛看到许多人在那里跌。这不是"跌倒算什么,我们骨头硬"那种跌倒,而是永远站不起来的,勉强站起就要跌的那种"倒";伟大的鲁迅!怎么能未卜先知地看见人间有这种地狱。

阿潘变得十分谨小慎微。写一篇文章要改很多遍,怕有不健康的思想流露,稍微有一点新鲜的意思,就要削去。我告诉他:曾看过一张漫画,一只鸡进入编辑部,出来时毛被拔得精光。你这倒好,自己先拔,省事。母亲说他不像是会出事的人，图个平安吧。

我记得他们的婚礼，像那时一切婚礼一样简单，只是几样辛师母手制的点心，让人还感到一点遗风。冬出席了。春和夏都没有出席，她们陷在自己的灾难里，而我是碰上的。我那时要到南方去，因为在运动中表现不太好，有点小麻烦，我被派往基层。不知为什么，我想去看一看辛先生，在我是一种告别，告别我的学校生活，告别那逝去的年华，那时我们笼罩在理想的光辉里，连自己也在发着光。我把我的梦留在了这里。他们还住在老地方，房间里人不多，那是初冬，秋穿了一件绿地红点碎花小棉袄。阿潘在她身边。我一下子就明白了。我想这是很正常的安排。秋确实应该出嫁了。大家笑着说了几句话，辛校长说："到下面去锻炼，是好机会。听说大家都要轮流去的。以后要向你学习呢。"我认真地看老人的脸，想看出智慧的光彩，可是我感受不到，好像连脸都格式化了。有人提议唱歌，却想不出合适的歌。我忽然想到《当我们还年轻》那首歌。这太不合时宜了，难道我们老了吗？我吃了一块点心，向辛先生深深鞠了一躬，强忍住眼泪，我想再也看不到过去的那种灿烂和辉煌了。我离开时，冬已经走了。

秋跳过了这段记忆，荧屏上没有这一段。荧屏上一行行字向上飘去，停住时已是"文化大革命"了。

那是中国人特有的。那些都是中国人特有的。二十世纪六十年代出现了一种新的武器，叫做大字报。以后一定会有人研究这一段历史，不只是历史学家。他们可以研究出发动"文革"的真实目的，可以研究出"文革"的灾害，可是他们永远不会体会到过来人的切身感受。他们义正词严地责备这责备那，他们不知道自己离真实有多远。

"反右运动"以后，父亲就离开了校长职位，应该说是离开了形式上的校长职位，因为他早已经不能管理学校了。他的病始终断断续续，他只剩了一个愿望：写那本未完成的书。可是"文革"开始，他又成了重点批判对象。

大字报铺天盖地，名字上打上红叉，好像即将绑赴法场。这时人们不再是在油豆上滑跌，而是戴着脚镣在烧热的铁板上舞蹈。许多年以前徽钦二帝在铁板上跳舞，那时的观赏者是战胜的异族，而这时在烧红的铁板上蹦跳的是读书人，他们的观赏者是谁？

一个夏日的下午，我从研究所回家来，在荷

塘前的空地上目睹了一次批斗会。斗争对象是生物系总支书记。他颈上挂着一块沉重的石板，写着姓名。石板坠得他向前弯着腰。"跪下！"有人在人群中喊，他索性跪下来，石板竖在地上。人群意识到这是便宜了他，马上又有人喊："站起来！站起来！"有人上去拽他，一手撸去了他的手表。有人拿着痰盂，横眉立目地向他头上扣下来。人群中许多人低着头，我要离开，一转身正见田康永在我旁边。他脸色十分黯淡，无表情地看了我一眼，我低声说："田伯伯，你不要站在这里。"便骑上车走了。"野兽！野兽！你们都是野兽！"我在心里喊，我的心几乎要涨破了，自己用力把这几个字咽下去。同时向四面观察，怕被别人发现这种想法。真奇怪，我现在还记得许多年前的这一点儿情绪。

我惦记着父亲。不知他会有什么遭遇。到家门口，见母亲正在门内张望。我们不由得抱在一起。母亲是这样瘦弱，只剩了骨头。刚上小学的女儿从内室跑出来，挤在我们中间。母亲抚着她的头对我说："爸爸去了劳改大院，今天上午去的。不知是不是要开批斗会。"我想说不会的，但我说不出。

晚上，爸爸没有回来，我们有心理准备。我们还是三个人，母亲、我和女儿。她的名字叫蔚来。

第二天，进校门就看见大字报：讨伐自绝于人民的田康永。我几乎从自行车上跌下来，走到墙边靠了一会儿，才勉强上了车，不自觉地向田康永住处骑去。快到了，我忽然一惊，我去干什么？只会给自己惹麻烦。田伯伯已经不需要人去看望他了。

门前的柳树静静地立着。

又过了几天，历史系找我去谈话，应该说是"训话"。讲了一番似通非通的口号以后，拿出一封信来。说："你看吧！"打开看时，竟是田康永的遗书，写给我的。怎么是写给我的？我匆匆看了一遍，信上说：你是最后一个和我说话的人。我对生活已经无能为力了。所以决定结束生命。我很庆幸在活着的时候看到我们国家的强大，至少是从积贫积弱中站起来了。以后怎样不能知道。而我是无用了。

我把信交回。系里的人说，这是要留做档案的。

我向母亲讲述这信，我们都哭了。田伯伯到

死不能忘记祖国的强大,这是父亲那一代人所能接受思想改造残酷摧残的主要原因。母亲正在叠衣服,忽然停下来,怔怔地望着我。我走近去,抱住她的肩,她低声说:"我告诉你,你不要惊慌,我们有过类似的念头,不过我们不会做的。"我说:"我知道你们不会做的。因为有我、有蔚来。你们不放心。"他们不放心还因为没有了阿潘,我们已经分手。母亲凄然一笑:"还有他未完成的书。"也许这是最主要的。总之这些因素造成一只小船,在惊涛骇浪里颠簸,暂时没有沉没。

他们甚至想过具体的办法,一起沉湖,慢慢走到湖水的深处,那湖水已经揽进许多宁为玉碎的读书人,而我的父母亲走到湖中心也会往回走,因为有蔚来在牵扯他们。父亲还有事要做,父亲不会死。

我把田康永的遗书用工楷默写出来,早晚拿出来看。一遍又一遍地想,他们这一代人太爱国了,为国家可以捐躯沙场,也就可以承受一切。死能解脱他们的痛苦吗?我们这一代人发育时就患着软骨病,我们永远不能像他们飞得那样高,可是跌得也许更重。

又过了些时,一天中午,因为母亲这几天不

舒服，我回家来看望，在校门口看见大字报，其中一张竟是冬的，批判的对象是母亲，母亲的名字上也打上红叉，她说母亲怎样拉拢她，腐蚀她，目的是配合辛慎钧把学校变成资产阶级王国。又说母亲手制的点心是毒药。我只觉得浑身冰冷，恨不得上去撕掉这张纸。这时我看见父亲一行人排着队来看大字报，父亲也看见了冬的。他对我看了一眼，微微摇了摇头，十分沉静地继续往下看。我回家不敢告诉母亲，其实她已经知道了。她躺在床上，只轻轻说了一句："人心叵测。"

　　我在所里也荣幸地得到几张大字报。"资产阶级文学吹鼓手，修正主义好苗子"，这些头衔老早就有了。现在的新材料是：我曾在一次讨论翻译的会上宣传《鲁拜集》中的腐朽思想，还背诵"一瓶酒，一块面包，还有你……便是天堂。""简直是肮脏透顶！"倒是没有"助纣为虐，用笔杀人"这一类的字样。我想我跟着父母亲，就该有几张大字报。要打成什么分子就一起当吧！这样想着，觉得痛快。我很思念阿潘，不知他的情况怎么样。要是也打成什么什么就好了。不过他那样畏缩地活着，该放他一条生路吧。

　　一个星期天，父亲获准回家来取衣服。回来

便和母亲一起在厕所的一个纸箱里翻找，居然找出那部父亲以前关于历史学的著作，这部书没有出版，竟也没有交代，藏在这里。母亲说："我藏的地方好不好？"父亲应该在傍晚六时前回劳改大队，他一天都坐在书桌前，午饭也吃得很少。母亲低声说他要给它一个结尾。我说可以慢慢来，让蔚来去劝他休息，他竟喝了一声："不要打搅！"我们屏息在门外听动静，过了很久听见他站起来，以为他就要走出房了。就在这时，一个沉重的声音吓得蔚来抓住我的手。我们冲进去，看见父亲倒在地上，就在书桌旁。他没有写遗书。他不必专门写遗书，他的思想就在他的著作里。万分遗憾的是，他没有写完。我不知道他最后要说的是什么。

母亲没有惊叫，只大声说："你——你——"随即扑在父亲身上。我也扑下去抱住他们，但我立刻定住神，要蔚来守在这里，自己跑步先到校医院找医生，又给系里打了电话。等我回到家，蔚来正跪在爷爷奶奶身旁，大声哭叫。他们已离开了这个世界。

辛先生的生命结束了，我从荧屏上的字里行间亲眼目睹了这一夫妇同归的情景。我的头和心都像要炸开了。我更关心他的书究竟是怎样结束的。人死了，书应该还活着。它能不能活，怎样活？我巡视四壁整齐的书籍，有几本辛慎钧的著作，却找不到那一本。我跺着脚在秋的耳边大叫："你把它放在哪里？"秋不理。

荧屏上出现了哪吒的画面，一瓣瓣饱满丰润的莲花渐渐发黄，变干，一片片落下来。哪吒有些惊恐："怎样帮助你？"我向荧屏扑去，但我只是一团空气，我和哪吒都没有感觉。莲瓣几乎落尽了，哪吒用尽力气舞动着风火二轮。池塘中冒出了新的莲梗，一会儿便长高一截。含苞的花围绕着哪吒，这是他自己的花，不是佛祖派来的。

哪吒略显镇定，我也镇定。哪吒消失了，荧屏上显出两行英文字：

The Wine of Life keeps oozing drop by drop
The Leaves of Life keep falling one by one.
生命的酒酿不断地一滴一滴消失
生命的树叶不停地一片一片飘落

我译出了这两句诗，觉得心里是一片空白。荧屏上也是一片空白。不久，出现了下面的句子，这些都来自《鲁拜集》：

A book of Verses underneath the Bough,
A Jug of Wine, a Loaf of Bread and Thou
Beside me Singing in the Wilderness
Oh, Wilderness were Paradise enow!
持一卷诗　在树丛旁
一瓶酒　一片面包还有你
在我身边歌唱　在旷野上
旷野　便已是天堂

荧屏上的字向上飘去。
和你一起歌唱便是天堂。和你，你，你在哪里？

我和阿潘的婚姻从开始就有些貌合神离。他太要强了，想做一番事业。在那时，便只能察言观色以图上进。他聪明勤奋，改造思想很积极，十天半个月就要向组织汇报思想，表示做党的驯服工具的决心。有时拿我的议论也去作有分寸的汇报，表功地说是帮助我改造思想。我也要求进步，但是受不了这样的进步。我们在分手的路上挣扎着。他毕竟是我女儿的父亲,我们怎能把他挖出去。而且我需要他,我知道一个人过日子的艰辛,但守着一个类似窃听器的东西会让人发疯。我们终于在"文革"前离了婚。后来一次所里有支边任务时,他被调往南方一个县城教中学。所里同事议论,说如果你们不离婚,不会把他调走。

秋停下了,好像在思考这个微妙的问题。

我在"反右"后到基层工作了一个时期以后,在江南一个县城工作。我很喜欢南方。那细雨迷蒙的景色,很适合我的心境。我在那里结婚生子。好像在一个偏僻的港湾里,风浪就要减弱。"文革"中也没有太大冲击。一天,我擎着伞在细雨飘拂的小巷中走,忽然听见有人叫我。我把伞举得高些,对面是阿潘。我颇为吃惊:"你怎么来了?""我已经来了两年了。不常出门。没有遇见。"我陪他一直走到中学,才想起听得有人说北京来了一位潘老师,教课极好。"原来是你。"他一个人住在学校里,以后便有时到我家来说说话。"文革"的风暴最狂劲的时期过去了,我要到北京去买建筑材料。阿潘知道,对我说:"你要去看秋吗?"我说:"可以去也可以不去。""你去吧!"他用请求的口气说,我忽然发现他很瘦,不时用手捂着腰部,像忍着疼痛的样子。我说:"你病了?"他点点头,说:"你去吧,我要请她原谅我。"我想我必须要传递这一口信,因为"文革"中人们不敢写信。我又问:"你病了,怎么不早说?病了就要治。"他摆摆手:"治了没用。"

我去见秋时,她已经失去了父母。研究所介绍了她的住址,但是说她现在不在北京,到外地讲课去了,要一周后才能回来。一周后,我在一间小屋里见到她,她先问我,你从那座小城来吗?我说是的,我已经是那里的土著了。"阿潘呢?"她故意放慢了口气。我迟疑地告诉她那口信,她忽地从椅上站起,说:"我去看他,你什么时候走?""我下午走,已经买好车票。"她随手在桌上拿了一张纸,写了几个字,我从旁看见,写的是"亲爱的人,等着我"。她要我先带信去,她随后来。

她送我到门口,又说:"我每年寄照片给他的,蔚来的照片。他没有收到吗?"

"我不知道。他倒是常说起你们。"

我回到县城,赶上了一个隆重的葬礼。竟是阿潘的。县城里的学生和学生的父母形成了长长的送葬队伍,他们用土葬,是几个家长安排的。我也赶上铲一锹土。棺不必厚,坟不必高,众人真切的悲痛让我感到阿潘的价值。我把秋的短简在新坟前焚化,那里已经种了一排小树。

不久我也离开了那小城，我不知道秋是什么时候来吊唁的，我相信她一定去过。以后我便成了阿潘的同类，而他已经消散了，我没有遇到他。

"文革"过后，渐渐地人和人之间可以正常来往了。冬经常来看我。她从一个寡言的人，到张口就是批判词句，现在又很少说话。

父亲百年冥寿，学校开了纪念会，来了很多人，也有不少人到家里来，在父亲像前鞠躬、默立。冬也来了，她站了很久，等人散尽了，忽然跪了下去，跪了很久，我去拉她起来，她走到门口又回来跪下，反复了几次。我说冬你不必这样，你只是太天真了。她看着我，似乎不大懂我的话。她走后，我才发觉她不记得自己刚刚做的事，所以跪了一次又一次，这是她明显发病的开始。

陪伴又拿了电话来，秋接着，露出惊异的神色，说："明天我来。"陪伴问已经是下午了，要不要吃点儿东西。这时有人敲门，来者正好是冬。秋关了电脑，对冬说："春来电话说夏病了，发高烧，可能是感冒。不碍事的。"冬说："夏病了？夏病了。""我要明天去看她，"秋说，"你去吗？"冬想了一下，说："我不能去,明天有个会,很重要的。"秋怀疑地望着她。

她们说着各方面的事。从她们的谈话,我知道辛慎钧的书因为犯了不知什么禁忌,不能出版。秋平静地说:"禁忌总不能是永远。我们都经过了。"我想问:那结尾呢?恰好秋说:"这书缺个结尾,但爸爸最后一天的劳动,显示出这书还是要照原来的样子成长。我仔细读了,其实书已长成了,杀不死的。"她们相视一笑。那么,虽然没有写完,也说出了自己要说的话。冬拿着蔚来的照片端详了一会儿,长叹了一声。秋说:"她们会好的。蔚来要回来工作。"

冬告辞,走到门边回首看那架琴,低声说:"多想再来一曲四手联弹。"秋微笑着看着自己的右臂。

我随冬出门,等电梯时看见秋门上整齐的门牌号和辛宅两个宋体字,人似乎活得像个人了。可是书呢?能活吗?

五

冬在街上绕来绕去,我随着她。走了半天,不知她要到哪里去。在一个报亭前,她停住了,看着柜台上的电话。一个半大老太太走过来说:"你又找不到家了?"这人像是在居委会工作的。她指引冬进了一个旧四合院,进了一间厢房。房内很简陋,好像还在二十世纪六七十年代。

冬一坐下来就开始打电话,原来她的话都留着对电话说。不知道那边有没有人听。

她说:"今天我忽然想起来有人问过我,为什么在各次运动中这样积极。问的人不知安的什么心。难道积极不好吗?"她停了一下,"从小很少人夸奖我,可我一心是要学好的。愿意学好,愿意听党的话,愿意改造,对还是不对?"

冬又停顿了,然后再说话越说越快,却只是重复,没有新的意思。显然,她不记得刚说过的话。下面的话更奇怪:"你知道吗?我年轻的时候很漂亮,我的美和她们三人不同,就像她们三人唱歌我弹钢琴一样。那时喜欢我的人很多。我哪里把这些放在心上。我把他们都冻死。"她笑了起来,抚摸着电话筒。接下去的话有些莫名其妙,她说:"你知道吗?那些追求我的张三李四赵五王六里头,有一个扶苏。"我不觉"啊"了一声,好在她不能听见。

"扶苏给我看他的毕业设计,那还是雏形。春还没有看过呢。还有那地质学家,从地质队寄来枕头大的一块石头,我相信夏也不知道。阿潘这胆小鬼,他不敢想什么,因为他要汇报,连想的都要汇报。还有那位学兼文理的通才,他每天送我一朵玫瑰花。"

她说了那通才的名字,我惊得跳起来,飘向了天花板。说到别人时,我在想,莫不是真有这种事。直到说到自己,我才明白。冬患的这种病一方面遗忘,一方面编造,编造出没有的事,好去清扫已有的事。也许历史就多少患有这种病。我落定在一张破椅子上,她还在滔滔不绝地说。话题转了,她说:"我前天到埃及去了,再过几天要到印度。从埃及顺路到耶路撒冷,在死海里坐了一会儿。据说死海的泥能让人恢复青春,你信吗?"她又笑起来。

这时居委会老太太推门进来,提醒冬不要打电话了:"电话费够高了。你的退休金又没有多少。"老太太环顾室内的简单家具,说:"就要拆迁了,你分到的房不错,明天我们去看看。"冬问:"是在海边吗?"来人不解地望着她,冬说了一个地图上没有的地名,接着说:"我喜欢那里。那里的景色千变万化。海边有一座大花园,扶苏在花园里造了一座房子,你信吗?"

我忽然想起住了多年的那座小城,不在海边,没有花园,那里有我的妻儿。我要回去看看,趁我还能飘来飘去。我向冬挥手,她正严肃地看着那位老太太,我想冬的心里装满了春天。

六

又是一年春天，我觉得身体越来越松散，却有一个越来越强烈的愿望，再去看看四季女儿。我按时来到山坡上，和上次见到的景象大不一样了。山坡上开满了野花，一簇簇、一层层，不知是什么花，也许它们本来就没有名字。这里添了一张石桌，已有三个人坐在石桌前，她们是春、秋和冬，夏没有来。我有一种不祥的感觉。

半年不见，三人都更显苍老。我也坐在桌旁，正好听见春举着信封说："我昨天收到一封信，你们一定猜不着是谁寄来的。"冬漠然，秋低声问是谁，她大概以为是扶苏。春说："这人说他经过深思熟虑，比较了各种宗教，决定皈依佛门。世事缘聚而起，缘尽而散，他说若明白了这一条就没有苦恼。"说着把信递给秋。

秋一面抽出信纸一面说："是谁这么大彻大悟？"

"是胡烁。"春说,"信是写给我们四个人的,你看吧,是个通知。"

秋读着信,一面说:"已经看破红尘,何必通知?"我凑上去,见一张旧纸上写着小字,便匆匆读了一段:"我和你们本无深交,但你们是我记忆中的一段,图画似的,音乐似的,是年华的见证。告诉你们我的决定,是个交代。这决定只是一个想法,难道我真能出家?出不了的。"我好像看见胡烁式的笑容,几分调皮,几分听天由命。

秋慢慢叠着信,沉思着说:"其实我也想出家。"

"你?"春抬起眼睛,停了片刻,说,"真的看破谈何容易?人生不过是过眼烟云,没有一点痕迹。只你还算留下几篇文字。"

"什么都不留倒也干净。"秋喃喃地说,忽然大转弯,"我们虽然有很多痛苦,但毕竟也努力过,快乐过。"

冬插话:"你们都有儿女。"春接着说儿子在外面生活怎么样不容易。说到儿子时,她的声音不觉提高了些。又说现在找工作很难,但他总算过得还好。最后谦虚地总结道:"儿子不如女儿,女儿对父母关心得多,不过我的媳妇很好。"

秋说:"要说顶事,还是儿子。不管是儿子还是女儿，他们是我们的延续。好像我们是父母的延续一样。他们应该比我们明白，比我们过得好。""其实下一代的苦恼更多，糊涂人也更多。"冬忽然说出一句明白话。"我们就管不了许多了。"秋叹道。

她们一起望着溪水，静听流水潺潺，像要捕捉远去的什么。在她们看来，这石桌空了一面。春和秋对望了一眼，春叹息道："今天是夏的百日，现在不讲究这些了。"

果然，夏是我的同类了。

"那些石头怎样了？"秋问，"告别会上没有来得及问。"

春说："女儿留下三四块形状别致的，别的全都交还大自然了。"秋叹息："连同它们的记忆。"春又说："她曾想送给我们一人一块，到后来又想也是没处搁的，不如让它们回去。"

她们讨论了半天石头，却没有讨论夏在哪里。我猜，她此时在云南的一个山花烂漫的小村里，不会错。

秋默默地从手袋中取出一个纸折的小香炉和三支香，她们立起身把纸炉放在一丛野花上。放了土，插好香，点上了。香烟袅袅，在花丛中散开来，香灰落在纸炉上，纸炉也烧起来，火光一时很亮，但很快就暗下来。火熄了，香尽了，气味也融进花草的芳香里了，这是春天。

她们低声唱起了那支歌,"当我们还年轻……"冬在空中按着手指。野花调皮地摇着头。我百感交集,觉得身体就要散开了。她们没有唱第二段,三人都不说话,把纸烬香灰用土埋好,仔细盖严。又站了一会儿,转过身来,春拄着拐杖,秋一手拉着冬,一同向山下走去。我随了几步,觉得有什么在拉扯我这虚无缥缈的身体,是天上的云,是山间的风,是溪水,还是花朵?也许都是。我坦然地向四面八方散开去。

2003年秋至2004年秋断续写成

2005年4月22日断续改定

三生石

小说只不过是小说。

一 判决

每个人都会死的。但这普遍的经验却从没有人能向后来者描述。只有少数人有过被判处死刑的经验，若不是立即执行的话，那倒是可以讲一讲的。

梅菩提骑着一辆破自行车向Z医院驶去。这一天风和日丽，虽然风还有些寒意，却早已失去冬日的峻峭。杨柳梢头，有一层朦胧的鲜嫩的绿色一直向田野上漾开去，把人的思想和灵魂都牵动了。"已是春天了。"菩提暗想，深深地吸了一口春天的空气。她简直有几分高兴起来，在刹那间，几乎忘记了自己的处境。那时，她的身份是被揪出的"坏"人，这就是政治上宣判死刑的前奏。原因之一是她父亲梅理庵是"反动学术权威"，虽然他现已去世，但那余"威"，还足够把她的余生笼罩上一层阴影。原因之二是她教学颇为钻研，又是共产党员，所以当然便是修正主义分子。但还有一个更主要的原因，那是她最不愿想的。总之，她在"牛棚"已待了七个多月。从人的自然生命来说，她是一个等待宣判的病人，这时正到医院去看检验结果，好确定她是否患有不治之症——癌。

她在七天前做过一次小手术，切下一小块活组织看是否有癌变。做手术时，她听见那医生喃喃自语："不大好嘛，都黏到一起了。"声音哑而且涩。一会儿又说："破了——破了！我还要去开会！"大概是那肿瘤破了，而那还要去开会的医生草草缝合了伤口，大声说："完了！"当时菩提想，她大概也是完了。

菩提多年来因为父亲年老多病，一直有着读医书的癖好。所以她知道自己应该做一次小手术，而且知道在她这种情况，应该做冰冻活体检查。那就是取出活组织后立即化验，病人在手术台上等着，若有癌细胞，可以马上做大手术，以免扩散。但是在那乱哄哄的年月里，只要能够检查就得感恩不尽。造反派头头张咏江就是这样说的："批准你上医院，是毛主席他老人家天高地厚之恩。"当时要她向画像三鞠躬才准假。菩提在肿瘤破裂的情况下等了一个星期。她本以为自己会焦急，会恐惧；但是很奇怪，她却觉得出奇的平静，甚至想到可能有毒水在自己身体里流淌时，不无几分兴致。因为她那被打得粉碎、乱作一团的精神世界，好像有了新的着落，至少她可以想一想癌症问题，而不觉得茫然。

在诊室里，许多人围着一个三十出头的医生。每个人都举着一张什么东西，向他大声说话。他不动声色地一件件处理着。轮到菩提时，她说明来看检验结果。医生把病历仔细翻了一遍，并没有检验报告。

"你只好自己去找了。"那医生还是不动声色地说，"病理科在后面。"他那镇定深邃的目光，使得他脸上有一种极其沉静的表情。看来他对任何混乱的情况都司空见惯了。

菩提穿过院子去找病理科时，看见许多人在哭，她一时不懂为什么。等到明白过来，她觉得哭的人是很幸运的，因为他们是很多人一起在哭，死别的悲痛分担在这么多人身上，想必是轻多了。她想起两个多月前，她父亲死时，只有她一人在哭，好像全世界的悲哀、痛苦都压在她一个人头上，而她心中的悲苦，不断地涌出来，涌出来，就是整个世界也装不下。

不要想了！有什么用呢？菩提找到了病理科，却在那平房外面停了一会儿，才走进去。

病理科里有一位头发花白、看上去很像医生的人。他知道菩提的来意后，立即从柜子里找出一块玻璃片和一张纸，显然结论业已写好。老人抱歉地笑了笑。但菩提知道，报告停留在这里的责任绝不在他。他慎重地把玻璃片放在显微镜下，又看了一会儿。

"你愿意看看吗？"他好意地对默然站在一旁的菩提说，一面让出了座位，"这是你母亲的片子吧？"

菩提没有回答，俯上去看了。她还是在大学一年级上普通生物学时看过显微镜。她很容易地看到镜头下的几个细胞，颜色很深，显得很硬。最奇怪的是，它们竟然给人一种很凶恶的感觉。菩提猛然觉得像触到蛇蝎一样，浑身战栗起来。要知道，这些毒物，就在她身体里呵。

"你再看这个。"老人换了一张片子，"这是正常细胞。"正常细胞颜色柔和，看上去温润善良。菩提默默地看着，那种毛骨悚然的感觉消失了。

"没有错。"老人把病理报告塞进病历袋，递给菩提，一面安慰地说，"可以治的。"

诊室中的那位大夫眼光刚一触到报告，马上抬头打量着菩提。他的目光还是那样镇定，带有菜色的脸上流露出关心与同情，显得善良可亲。"你立刻去打针。"他迅速地开了处方，"打过针再说。"

菩提看见注射单上写着的药物是塞替派，医生签名的地方清楚地写着两个字：方知。一般医生签字总是自创草书，好像生怕别人看清楚，会来大兴问罪之师。而这两个字极熟练，又极整齐，就像医生本人一样镇定善良。

打针回来，方大夫问道："有人陪你来吗？"

"没有。"

"你有三十岁吗？"

"快四十了。"

"你要做大手术。"菩提默然望着他的脸，等他说出"癌症"二字，但他没有说，只问道，"同意吗？"

菩提微笑道："该怎么做就怎么做吧。"

她接过住院单，见病情诊断一栏里写着"乳腺癌活检后"，旁边用较大的字写着"紧急！"她知道死亡已经不远了。

住院处的人不知有什么不如意的事，对"紧急"的字样人光其火："就知道写紧急！走廊上都住上人了，哪儿有地方！书呆子！"他横眉立目地向菩提攘过一张纸，"留下地址、电话，有床位会通知你！"菩提走开时，听见他还在悻悻地说："这么多人得癌症，专和咱们这儿过不去！"

方大夫听说没有床位，马上站起身来，想自己去交涉一下，但立刻又坐下了。他知道自己去交涉也是没有用的。他冷静地又开了药方："回去打针，千万别随便停药。不用等很久就会通知你住院。"他微笑了一下。

菩提的心颤抖了。七个多月来，在她的系里，从没有一个人向她露过一点笑容。她熟悉的，只是她的邻居兼难友陶慧韵那类似笑容的表情，那其实是一种想要安慰菩提而做出来的、极其疲惫的神色。她好像已经忘记真正的笑容是什么样的了。在那疯狂的日子里，绝大部分的熟人互相咬噬，互相提防，互相害怕；倒是在陌生人中，还可以感到一点人与人之间的温暖。

回家去时，菩提觉得简直骑不动自行车了。但不骑又怎么办呢？她只好慢慢地用力踩着脚蹬。刚刚苏醒过来的田野散发着淡淡的、春天泥土的芳香。"而我就要长睡了，那是怎样的一种经验呢？"菩提心里感到一阵轻微的痛楚。她不觉想起莎士比亚的诗句："那死后不可知的神秘之国，从不曾有一个旅人回来过。"既然从没有人能回来，也就谈不上经验了。若能相信死后有灵魂多好，她可以相信，死亡不过是去见她亲爱的父母的一段路途。死后倒可以亲人相聚，又何乐而不为呢？但那是从没有人回来的神秘之国啊，回不来了！回不来了！

她终于到家了。那是全校几个住宅区中最破烂的一个。它本是清朝某亲王的一个私园，形状很像一个旧式的钥匙，又很小，故名为匙园。有一湾池水，几座假山，还有些楼台亭榭，想当初定是个风光宜人的所在。如今年久失修，再加上快有半年的"革命"，革得到处断瓦颓垣，一片荒凉。那一湾池水多年来已成为茂盛的苇塘，乱蓬蓬地长着芦苇。菩提现在的住处，便是苇塘附近的两间小破屋之一。屋前有一堵短墙，居然形成一个很小的小院。院门是花瓶式的。院中原有一树丁香，在梅氏父女被赶到这里来时，红卫兵把丁香刨掉，指定这小院作为倒垃圾的地点。大部分人还是把垃圾倒在园门旁，也有人倒在这小院门外，却从没有人到小院里来倒过垃圾。小院光秃秃的，只有一块一人来高的大石头，挺秀峻拔，形状宛如一截缩小了的峭壁，伫立在墙边。

梅理庵死后，西语系的一个西班牙语女教师陶慧韵，现在是现行反革命分子，被赶来住进另一间。她的房门向来是不锁的。她自己说这是"以便随时查抄"。菩提进得院门，先推开慧韵的房门，把那辆破自行车推进去。菩提原有的车较新，在第一次抄家时就不翼而飞。慧韵的车破得没人要，倒还能凑合着骑。这破车放在这间房里很调和。房中只有一张行军床和一把旧椅子。床上被子凌乱地拖在潮湿的地上，椅上乱堆着杂物。还有一个蓝色的小板凳，那是慧韵常坐的。菩提轻轻叹息，走进自己的房门。她觉得再多一步也走不动了，立即躺了下来。

菩提最近得病，造反的头头们怀疑她有什么图谋，对她的小房间又进行了一次小规模查抄。这方寸之地便显示出他们的功绩，乱糟糟简直像好久没有住人。窗帘扯下了半边，故意砸破的茶杯东一个、西一个，有的仰着、有的扣着。满地是煤灰和碎纸屑。只从门口到床前，又到桌边，形成一条三角形的轨迹，好像花园里的小径一样。这小径几次使菩提想起从前家里的花园。梅家多年一直住在学校里最好的住宅区，每幢小洋房附有一个自成格局的花园。梅家花园以竹为墙，在茂密的翠竹和菩提卧室之间，有一片三角形的草地，是那种极细的羊须草，绿得那样匀净，在阳光下像波浪一样闪光，踩上去软软的，还有弹性。这些都已经不再存在了，一切都成了碎纸屑，成了愚蠢的碎纸屑，洒在地下，让人践踏。

菩提休息了一下，觉得有力气睁开眼睛了。她最先看到的，便是她父亲的骨灰盒，其实应该说是骨灰罐，因为那是一个极简陋的陶罐。这七角钱一个的陶罐，是火葬场对"坏"人的最高规格了。便是骨灰，也多亏了那里某一个造反派头目莫名其妙的善心才得到的。

骨灰罐摆在靠墙钉着的木板上，罐前常摆着一杯清水。菩提记得父亲是最爱喝茶的，被"揪出"后，有时无法得到茶叶，便只好喝清水。遗像当然不能挂，何况也没有照片，全部没收了。这点菩提倒不觉得遗憾，因为父亲整个的人，在她心中是这样清晰，过去的记忆是这样丰富，使她觉得没有任何眼见的实际形象能超越过她心中亲爱的父亲。

菩提望着骨灰罐，父亲病、死的情景，在眼前浮现出来——

不过是两个多月以前，一月份，正是北京严寒的时候。一冬天都没有好好下场雪，那几天天气阴沉沉的，不时洒落大大小小的雪珠儿，破烂的小院地下又硬又滑。那时菩提住在慧韵这一间。那天清晨，她看见雪珠儿还在飘洒，便捡了几块砖头垫在路上，预备父亲行走。等她推开父亲的房门，却见老人还躺在床上，而且在呻吟。

"爹爹病了！"菩提马上想道。她一步迈到床前，见爹爹双目紧闭，面色潮红，布满老年斑的脸上泛出极细的汗珠，已经处于半昏迷状态。他呼吸急促，说着谵语："慈——！慈——！"那是菩提亡母的名字。

"爹爹！爹爹！"菩提大声叫道，伸手去摸爹爹的头，额头是冰凉的，这并不排除高烧，可是连温度表也没有!她又扯过一块毛巾在理庵脸上擦拭,擦了两下便扔下毛巾跑出房来。

天空十分阴暗,简直分不清是清晨还是黄昏。刺骨的寒风夹着雪珠劈面打来,使得菩提屏住了呼吸。她却并不停步,拼命地向校医院跑去。雪珠飘落在她头发上,脸上。她的眼镜湿了,眼前一片模糊。她取下眼镜,本来又湿又滑的路更觉凸凹不平,好像还在上下颠动。她只好用衣襟擦擦镜片,一面跑一面再戴上。这路好长,好难走呵。她就一路擦干眼镜,再戴,再擦,再戴,跑到了校医院。

校医院的人听说是梅理庵病了,有的漠不关心,有的幸灾乐祸,有一个秃顶的什么人冷冷地说:"装病逃避劳改吧!"

菩提正用衣襟擦拭脸上的雪水,眼泪一下子涌了出来。她不知道人和人之间怎么会变得这样狠毒无情,而且以为这是最高的革命道德!终于有一个三十上下年纪的人走过来,答应派救护车去。菩提跟着他去打电话,这人低声说:"我听过你的课,唐诗选读,你讲得不错。"菩提看看他,仿佛记得这原是药房里的人,这几个月到耳鼻喉科当大夫了。他见菩提在擦眼泪,便又说道:"不要来这儿了,没有大夫。进城去吧。"

菩提谢字还没来得及出口,这人已转身走开。她知道和她这样的人说话,对任何人都是不方便的。她略一定神,便给历史系打电话,代父亲请假。接电话的人又去请示,回来冷冷地说:"去治吧。"便把电话挂了。菩提接着给中文系打电话,接电话的正好是张咏江。这张咏江最喜欢向人介绍自己的大名:"张咏江,歌咏的咏。可不是现在改的,生下来就叫咏江。"他真有先见之明!早知道"江"之该咏!菩提几次听见他自我介绍,总是这样想。

当时张咏江说:"病了?你陪着上医院?行吧!"他说的话无懈可击,但口气冷硬,真能落地作金石声。

菩提坐上了救护车,像是抓住了什么救命仙方,心里安定了许多。车子一开,又觉得特别慌乱。她想不出父亲现在怎样了。他是不是脑溢血?会不会翻到床下来?这车怎么开得这样慢!等车开到时,爹爹会不会已经不在人世?就剩她一个人,爹爹怎么能放心得下呵……菩提仍不时用衣襟擦眼镜,雪珠敲打着车窗。

到家了!菩提跑进门去,看见爹爹睁开了眼睛,用力地问她:"你到哪里去了?"声音勉强可以分辨。

爹爹活着!菩提一下子抱住老人,哽咽地说:"救护车来了,咱们上医院去。"她迅速地给老人穿衣服,一面问:"爹爹是哪儿不舒服呵?"

"我——我两天没有小便了。"老人吃力地说,"我怕你担心,没有说。再说,假也不好请……"看见菩提嗔怪的脸色,他这样回答。

老人为了帮助女儿,尽了最大的力量,一手靠住女儿,一手扶着墙壁,每拖一步,都要大声呻吟,冷汗和着雪水流进了衣领。不过十来步路,不知走了多久,好容易上了车,他又处于半昏迷状态了。门口有邻居经过,都停下来看着这辆车。有人悄悄地说:"梅理庵病了。"这低低的语声和同情的目光,使菩提在冷风中感到一点温暖。

在市中心某大医院急诊室里,到处挤满了人。躺着的,坐着的,站着的,真像难民一样。经过多少周折,多少恳求,终于弄清老人患前列腺肥大,小便不通,现已有中毒现象,十分危险。菩提小心翼翼地问那个戴着黑边眼镜的医生:"您看该怎么治呢?"

"我们不收,没有床位。"医生用两个手指扶了扶眼镜,冷峻地说。

"他病得这样厉害,不治怎么办呢?"菩提几乎想要向医生跪下了。

"没有床位!到别的医院去!"那医生斩钉截铁地回答。

"你们怎么这样为人民服务呵?"菩提想大声质

问，但她说出来的却是:"请大夫发一点善心，同情一下老百姓吧。"

"什么老百姓！"那医生冷笑了，"梅理庵！谁不知道！反动学术权威！报上早点名了。我们不为阶级敌人服务。"他一面说，一面走出了诊室。

再也没有人搭理菩提了。无论她怎样说理，怎样哀求，怎样声泪俱下。这医院像是石头做成的，没有一点通融的余地。

哭，又有什么用呢！恨，又有什么用呢！时间的每分每秒，都关系着亲人的生命。菩提艰难地搀扶着老人，坐上一辆三轮车，只觉得天地茫茫，无处投奔！只有朔风凛冽，把雪珠慷慨地向他们洒来。

最后还是有一家医院收留了梅理庵。那是一个穿军衣的陈医生作的主，他还声明:"可没有单间。"菩提眼泪汪汪地看着这救命恩人，心想他大概是参加过抗美援朝的。

当时便做了膀胱造瘘手术。两小时后，梅理庵被推进病房。他睡着了，呼吸很平稳，高烧已经退去。陈医生说，一周后再做手术切除前列腺，病就好了。菩提很想握住他的手，感谢他搭救爹爹的性命。但她已没有伸出手的习惯，她只望着陈大夫微笑，仍旧含着眼泪。

梅理庵手术后小便通畅,病状一天天减轻,但仍有些热度。菩提衣不解带地侍奉了三天。第四天下午,她想回家去拿点东西,还想煮点汤让爹爹加强体力,好接受大手术。公共汽车离Y大学还有一站,就听见大喇叭震天价响:"向上海造反派学习!向上海造反派致敬!"车上有几个年轻人在兴致勃勃地议论,原来是《文汇报》、《解放日报》先"冲杀"出来,接着造反派夺了上海市委的权。怎么夺的呢?菩提一点也不明白。她只觉得口号声响得使人心都发颤,恨不得用手堵住耳朵。她只想着一件事,就是用尽一切力量使爹爹痊愈,别的天大的事都和她无关。但既是大事,就势必影响到千万人的命运,无论谁想躲也躲不开的。而决定大事的人,并不是每次都考虑到大事的这一后果。

次日清早,菩提再赶到医院时,没想到陈大夫叫她到办公室谈话。

"昨天夜里,我们这里造反派夺权了。他们说我收进梅——你父亲,是原则性的错误。我已经检讨了。他们要你写个保证,保证三天后出院,不要求再做切除前列腺的手术。"陈大夫一字字说得分明,他那质朴、略带有农民模样的脸有些木然。

于是三天后,梅理庵膀胱里插着橡皮管,腰间带着玻璃瓶，就这样回家了。他经过疾病的折磨，精神倒还好。走进院门时，他停住脚步，把脸凑近门边的墙，像在寻找什么。

"找什么呵，爹爹？"扶他的菩提只好也停住脚步，往墙上看。

原来那墙上有一块较光滑的砖，砖上刻着两个小小的篆字"勺院"。这是梅理庵发现的。他们父女被赶到这小破屋来以后，理庵在劳改、写交代材料之余，总爱把脸凑近墙壁，仔细观察每一块砖。凭他那高度近视、目力极弱的眼睛，居然把三面院墙仔细看过一遍。发现这两个字时，老人真高兴极了，对菩提讲了半天。这匙园之名现在还用着，园中原有景致的题名却很少人知道了。譬如那长条土山，原名匙山，芦苇塘原名勺池。这小院当初大概是为供奉茶水用的，居然也题了名，也算得园中一景。贬谪至此，似还差可。

当时理庵用手轻轻抚摸那两个小篆字，慨叹道："我真没想到还能回来。"但他也没想到，回来住的时间那样短。

那天晚上，父女二人谈得很晚。老人还很虚弱，但不时断断续续地说话。他的湖南口音很重，这时更不清楚。他说："带着尿瓶子也可以活，我觉得自己有气力活下来。经过这么多年改造，又经过这次冲击，我应该用学得的一点马列主义，重写一本秦汉断代史。"

可怜的爹爹！这时还想着改造、写书！菩提问："你怎么对待秦始皇呢？你实事求是地评价，会说你是现行反革命。你全盘肯定他，是不是真心呢？"

"本来是研究历史，为什么总要和现在的政治搅在一起？"老人喃喃地说，"'文化大革命'——这'文化大革命'——，我相信毛主席总是有他的道理的。"

"我相信毛主席总是有他的道理的。"这是梅理庵常说的一句话。他这样说，也这样信，和亿万中国人民一样。

"圣主如天万物春，小臣愚暗自亡身。"菩提不觉念出苏轼获罪乌台时的两句诗，又忙轻轻咬住下唇。

"你说我有封建思想？——也可能的。"梅理庵倒不以为怪，想想又说，"你是共产党员，信仰要坚定。我总是以你为荣的。"

菩提没有回答。殊不料这就成为梅理庵的最后遗言。

次日清早，菩提轻轻地料理好琐事。倒了尿瓶，给插管消了毒。她手脚这样轻捷，老人感觉又很迟钝，所以还在昏沉的睡梦中，不曾惊醒，只不时发出几声呻吟。

菩提打算劳动休息时，请假回去招呼他吃饭。她吃力地凿着冻土，冻土似乎比人们的脸色还可亲得多。一面想着炉子上坐着的粥锅，大概等她回去时，就会好了。不过它会不会溢出来？也许根本不开？尿瓶子真可能会溢出来的，那就马上要换被单，不然爹爹会受凉……

忽然一声尖锐的哨音。"集合！""排队！"大喇叭又震天价响起来："为庆祝我校无产阶级革命派夺权胜利，特召开全校批斗大会，彻底清算反革命修正主义路线！"在大喇叭的噪音中，劳改的人们排着队，像赴刑场似的，沉重地、默默地走着。

那些日子，有什么大事或甚至只是一句最新指示的传达，总要开一次批斗大会，把"专政对象"们折磨一番。菩提觉得自己所在的这人群，完全像是人类还束缚在天神权威下祭祀用的牺牲，而且是多次使用的高级牺牲。神明有知，会格外高兴吧。

会场照例在大饭厅。台上已经站了几排人，那是校一级的批斗对象。学校的党、政领导，还有反动学术权威。菩提一眼便看见爹爹站在那里。她那年迈的、白发苍苍的爹爹，刚做过手术、发着烧的爹爹，由两个红卫兵挟持着站在那里。

"他有病！我父亲有病！还带着尿瓶子！"菩提急切地对监押他们的一个女教师施庆平说。

"你老实点！你也想上去啦！"那上海口音尖利地回答，声音如同长指甲刮在什么器皿上。

"我去替他！"菩提坚决地说。马上有两个男学生抓住她的手臂，大声喝道：

"不准搅乱会场！"

这时台上也在整顿秩序。红卫兵把"罪犯"们的头拼命向下按，两只手拼命向后背。别人都已就范，头都快碰到了地，只有梅理庵无论怎么按总是弯不下腰去。"瓶子，瓶子。"他微弱地说，一跤摔倒在地。拳打脚踢雨点般落在老人身上。"拿鞭子来！看他起不起来！"紧接着，一个尖锐的女高音带头呼起了口号。那撕裂的、杀气腾腾的声音在每个人心上抓挠："坚决镇压反革命！横扫一切牛鬼蛇神！""把无产阶级文化大革命进行到底！"原来这一切，都是以革命的名义进行的。

梅理庵再没有起来。他还以为自己有活下去的力量，那其实太微弱了。经不住一阵鞭打凌辱，他再也起不来了。他奄奄一息地住进了校医院的单间。在他那理智回光返照的片刻，他最后的思想是："人——真脆弱。"败血症很快在他身上蔓延开来。他神志昏迷，说着谵语："慈——慈——！小提——小提——"这是他反复叫着的两个名字。他还不时喃喃地说着什么，菩提听出两句像是《尚书》上的句子："我有好爵，吾与尔靡之。"意思是我有好酒，和你一起干了它吧。"就快完了——就快完了——"菩提用湿毛巾拭着他那渗出冷汗的脸，安慰地呜咽道。

因为菩提的精心照顾，他的生命又延续了几天。一月二十五日深夜，在北风的狂啸声中，在窗格轧轧作响的陪伴下，他开始了痛苦的潮式呼吸，那是人临终前想要抓住生命的一点悲惨的努力。菩提泪流满面地开门出去找人，迎面看见一只大黑猫坐在走廊里，黄绿的眼睛闪着光。等她和一个极不情愿的医生回到病房时，爹爹已经断了气。

"如今，只剩我一个人了。"菩提仍望着那擦拭得极为明净的骨灰罐，慢慢坐起身来。"连我这一个人，也就要不存在了——"

门轻轻开了，走进来的是陶慧韵。她仿佛在进门时已经下决心把一天愁苦都扔在门外，枯皱瘦削的脸上露着疲惫的慧韵式的笑容。

"怎样呢？宣判了吗？"

"已经判决了。"菩提把打针的注射单递给她，上面也是写着"乳腺癌活检后"。

慧韵睁大她那本来就太大的眼睛,盯着菩提的判决书,那"癌"字的三个口在她眼前示威地跳跃起来。"很少有医生把字写得这么清楚。"她解嘲地说,又愣了半晌,忽然抬起头来,爆发地说,"我要是能代你生这病就好了!我愿意!"

菩提感动地看着她,沉默了一会儿,安慰地微笑道:"我也许会胜利的。我想,总应该是人战胜疾病,而不是疾病战胜人。"她想起那癌细胞的凶恶面貌,连忙把目光移往窗外,停在那块小峭壁般的怪石上。"究竟怎样,谁知道呢。但我相信——"

她站起身,倚在桌旁,好像要把暮色中的石头看得仔细些:

"人,应该是坚强的。"

二　幽草

她们沉默了半晌。菩提仍旧看着窗外的石头。虽然暮色浓重，石头挺拔、秀丽的轮廓依然分明。看着看着，菩提忽然轻声叫道："陶慧！"这是陶慧韵的熟人对她的称呼，菩提也沿用了。"你看，莫非我书中描写的三生石，就是这个样子？"

慧韵稍稍怔了一下，很快就灵敏地打量着石头："也许。不过我原来没想到。"

"我在这儿住了半年了，也是刚才想到。要知道，三生石的传说，本来是歌颂友谊的——当然，也有人说它宣传迷信。"

"我觉得还是你改写的爱情故事好。我真喜欢你这本书，直到现在。"慧韵真诚地说。

"我付出了多大的代价呵！"菩提惘然一笑。

名为《三生石》的书，就是菩提成为"牛鬼蛇神"的最主要原因了。

勺院的两个朋友，相熟已经多年，但原来过从并不密切。她们虽都一直在Y大学工作，却属于两个不同的圈子。梅菩提原是西语系高材生，因为家学，对中国古典文学很有心得。留校后，出于自己的兴趣，调在中文系教书，兼任总支委员。这样的人，在五十年代属于又红又专的类型，颇受重视。她自己对生活满怀热爱，对共产主义事业充满信心，把党视同父母，时时刻刻想的是改造自己，努力工作。她们那班同学在一九五七年前后都纷纷结了婚,她去参加婚礼,第一次知道有三天婚假时,觉得万分奇怪,怎么能用三天工作时间去度婚假!岂非浪费时间!然而菩提本是感情丰富的人,常在憧憬完美的爱情。一九五六年在"百花齐放"的一阵热潮中,她偶然地发表了《三生石》这篇根据古代传说改写的小说。原来的传说是唐朝李源与僧圆观为挚友,圆观死后,转世为人,不昧前因,到杭州一块大石旁见他。该石即名为"三生石"。这里有佛教轮回的迷信色彩。菩提抛弃了这些,写的是一对年轻人的忠贞爱情,生死不渝,希望能生生世世在一起,故题名为《三生石》。小说发表后不久就受到批判,"人性论"、"爱情至上"、"挖社会主义墙脚"等大棒轮番打来。菩提本人也认为自己文艺思想有问题,感情不健康,在教研室作过多次检查。总算同志们多年相处,比较了解,批一阵也就过去了。不过她在系里、学校里,显然不如以前活跃,社会活动少多了,也不再担任总支委员。她本性淡泊,不以为意,自把写作抛开,仍然认真地从事教学、研究。她一直还是在那业务好的党员圈子内,生活仍然是一个绚烂的花环,可以逐日摘取花朵。但随着各种批判,她的心逐渐在硬化。她不再多愁善感。她在那些可以为之"数日不食"的诗句面前,不再低首徘徊,不再衷心赞叹，而千方百计去寻找它们的"局限性"。在那些可以为之泪下的乐曲之前，她的心因已有练就的功夫，乐曲的波浪竟难渗入。便是这样，她仍旧不得"超生"，生活的巨掌终于为她指示着通往坟墓的道路，在这条路上，还要预先经受地狱的磨难。这些年来，在菩提身上变化最少的，便是她的外貌。时间在外貌上留下的影响，远不如对她的精神世界多。现在经过大半年的折腾，她看上去仍不过三十左右，虽然她已经三十八岁。

陶慧韵的生活道路则完全不同，似乎人世间的苦难，都像定时炸弹一样埋藏在她的人生旅途上，到时候就爆发出来。她现在四十八岁，看上去却像是快六十的人。她的父亲是天津大资产阶级家庭的公子哥儿，母亲因生她得产褥热死去。她一直跟着一位信奉孔孟之道的老保姆，接受了些儒家思想。后母是西班牙人，所以她虽然大学期间学的是英国文学，后来谋生却一直依靠西班牙文。她的丈夫是国民党时期资源委员会中的一个地质工作人员，在一次冰山考察中坠入了万丈深渊，无法找寻。那时慧韵还不到三十岁。丈夫死后半年，她生下了他的遗腹子。后母曾想抚养这个孩子，但是说若交她抚养，一切由她负责，慧韵不得过问。慧韵对着襁褓中的孩子说："干吗让她养成个小外国人呢？咱们是中国人！"于是她一身兼任了父与母的责任，好不容易把他抚养成人。儿子当然随父亲姓秦，取名怀生，后改秦革。

慧韵的丈夫除了留给她一个遗腹子，还留给她"特嫌家属"的身份，据说资源委员会中有些人是有特别使命的。她寡居后一年，便有不少人怂恿她再嫁，说是不但可以减少生活上的种种困难，还可以改变政治地位。大家看着很合适的人也有几个，但她公开声称"我守节"。她不说我不想结婚了，而是半开玩笑地说："我守节。"孩子上小学时，在作文里写道："星期天早晨爸爸妈妈带我上公园。"说是小朋友们都是这样写的。慧韵平常教训孩子极为严格，那次看了作文，只悄悄拭去眼角的泪水，没有说一句话。

慧韵不是当权派，每天认真地教教书，没有露头角之处。狂风暴雨，照初起的形势，还浇不到她头上，但在揪斗她们系的总支书记后，照当时的说法，就是她自己"跳"了出来。社会关系这样复杂的她胆敢贴出一张大字报，用红笔大书："总支书记是好人！"于是各种帽子接二连三飞来。因为她父母于"文化大革命"前两年离境定居瑞士，最后便说她是"里通外国"、"特务"而关了起来。在毫无道理的逼供信中，慧韵认真交代，说她曾想过毛主席《咏梅》一词可以改动几个字，把"已是悬崖百丈冰，犹有花枝俏"，改为"犹是悬崖百丈冰，早有花枝俏"。这下子可犯了弥天大罪，定成了"现行反革命分子"，还把她押送公安局。大概那时押送公安局的太多，说是无处住，没几天又放回来，在系里劳改大队中劳改。因为她是"现行反革命"，比一般劳改人员更要受罪。

劳改队白天打扫厕所，管道不通时总是慧韵把手伸进大便池洞中去掏。晚上要熬夜编造各种奇怪的交代检讨。动不动就揪斗，一揪就是几小时。这一切她都不放在心上，"谁让我叫慧韵呢，就是晦运嘛！"她自嘲地说。可是有一天，那十八岁的儿子秦革也造反了，要和她划清界限。他把自己的祖宗三代都批判了一番，各戴上他认为合适的帽子，便离家出走，一去不回。慧韵痛哭了好几个夜晚，她那本来就瘦弱的身体愈发瘦弱，看上去像一根细细的草。她脸儿很小，眼睛很大，年轻时可能是个漂亮人物。但现在脸小而枯皱，眼大而无神，看上去不成比例，简直有些吓人。

张咏江早就看上了慧韵原住的两间一套的单元房子，梅理庵去世后，立即通过西语系的派友，把慧韵赶到勺院。而且除了必需的衣物，什么也不准带。菩提和慧韵做邻居不久，便常暗自庆幸。在那残酷的、横卷着刀剑般风沙的世界上，她们只要能回"家"，就能找到一小块绿洲，滋养一下她们那伤痕累累的心。

这一夜，两个小房间的人都未能成眠。菩提心里数着一、二、三、四，想让自己松弛下来，休息一下，但是愈数愈加清醒。她索性坐起身，把枕头塞在背后，半靠在墙上，一面睁大眼睛，望着无边的黑夜。

"菩提！你睡着了吗？"慧韵在隔壁敲了敲墙。

"我睡不着。"

"我也睡不着。"

慧韵似乎是起来了。一会儿，她走进了菩提的房间，开了台灯，在一把破藤椅上坐下来。

"哦，你已经在坐着。"慧韵仍然疲惫地微笑，"你现在需要一个大枕头，一个四周钉了宽绉边的大枕头。"

"大字报提过的。说我资产阶级生活方式。"菩提也微笑道，一面从枕边拿起眼镜戴上，"老实说，我确实不配做一个真正的共产党员，差得远！我不过是个小资产阶级——或者说是资产阶级知识分子罢了。怎样改造都是应该的。可我从没有想到有这样一天，我会成为敌人。"

"多少出生入死的老革命都成了反革命，我们的委屈，总不如人家。"慧韵很达观。

"领导层中，可能有很多严重的问题。"菩提沉思地说,"知识分子,也有许多可恶之处。但是怎么能用这样的冲击来改正呢?记得运动开始不久,党组织瘫痪了,行政上也没有人管,系里开过几次党员大会。大家都认真地讨论形势,想尽力理解党的方针政策,担起应该担的责任。我就恨不得倾尽自己的一切,只要能对大局有一丝一毫的好处。不料没隔几天,我们当中许多人都给揪了出来,成为敌人。"菩提苦笑了一下。

"真是奇怪。"慧韵喃喃地说。她也和亿万中国人民一样,由衷地相信党,相信毛主席。不料自己和许多好人——譬如菩提,都变成了敌人,这是她那善良的心所不能理解的。

"真是百思不得其解。"菩提正好说出了这句话,"既然是敌人,我又何必再'积极'呢?事实上也无权再'积极'了。只有写交代的份儿。爹爹始终努力改造,在病中还想积极工作,可他连治病的权利也没有。我很恨。恨这样的'革命'!我再也不想改造了。"

"你千万别这样说!"慧韵害怕地叫起来,"最好也别这样想!思想是隐瞒不住的。至少像你我这样的人——"

"我只不过随便想到罢了。"菩提不经意地一笑,"我可能不对,因为支持这次'革命'的力量太大了。我怎能确认自己是对的呢?我要是真有一个敌人的信仰就好了。"

"老实说，"慧韵停了一下，说道，"我也觉得我们像堂吉诃德眼中的风车，莫名其妙地就给打得粉碎。"

"风车还好修复，"菩提想，"而破碎了的灵魂呢？"

这些日子，菩提觉得自己的灵魂就像处在许多碎玻璃渣子中间，时时在流血。那是怎样开始的呢？当然，风暴刚起时，首当其冲的是父亲。父亲被"揪出"后，许多人都不再和菩提说话，但一些朋友、同志的关切，还使菩提对自己有着信心。渐渐地，气氛愈来愈沉重而恐怖。一张张大字报贴满了楼道。"反动学术权威的千金小姐"、"校党委的黑干将"、"黑小说《三生石》的黑作者"等等大字标题在墙上赫然站着。梅菩提三字早打上红叉了。菩提看见，只机械地想："那千金小姐前面怎么不加个'黑'字？"系里再没有一个人敢和她说话，最好的也只是从路的那边投来关切的一瞥。若同走在路的这边，那肯定是不会看她一眼的。终于在一次全系的会上，造反派的头头大声吆喝了："梅菩提！站出来！"菩提机械地站到台前去，那里已经站着总支书记、系主任，几乎是全体教授，还有些老讲师，还有安上了这种那种问题的人。菩提尚未站稳,便是一痰盂脏东西从头浇下。"有人个子长得高,原来有这个用处!"菩提仍机械地想,接着是一顶高帽子扣下来,台下面一迭连声大叫:"站好!按她头!""教训教训她!"好像不这样大声叫嚷,便不足以表现积极。

菩提并不害怕,只是不愿意别人的手碰到她,便尽量弯下腰去。她尽量把身子缩小,最好小到没有了,免得别人推她按她。缩着缩着,她忽然想到"无地自容"四个字。这是形容羞愧的,可是她梅菩提,有什么应该羞愧的?她有什么对不起国家、人民?她触犯了哪一条刑法?她不过是一个平凡的、勤奋的人,一个正直的、没有磨去棱角的知识分子,然而便是普通的"人"的身份,决定她要在"炼狱"中经受煎熬。

"梅菩提!"一声巨吼,"交代你的罪行!"交代罪行,这是每个人刚被揪出时的例行公事。

"我在教课中散播了封资修思想。"菩提尽量清楚地说。

"散播封资修思想!你说得太轻巧了!你是放毒,放毒!听见没有!?"一个漂亮的男高音恶狠狠地说。"白纸黑字,你跑不了!"这是造反头目张咏江,是全系最不得人心的人,可是现在却成了带头的。

"《三生石》!想想你写的《三生石》!"那高亢

的声音到了声嘶力竭的地步。那声音，菩提觉得，自己到八十岁也忘记不了。当然，如果能活到八十岁的话。

紧接下来的节目是一个多年来神经不太正常的学生齐永寿，手里拿着一本《三生石》上台控诉。

菩提为齐永寿补过课，知道他虽然有时清醒，有时糊涂，还是个好人。这时他说些什么，菩提听不明白，不知他这时清醒还是糊涂。她只顾侧眼看着那本自己写的书，觉得颇为亲切。最后，齐永寿按照事先的安排，把手里的书狠命撕破，又撕成碎块，用力向菩提劈头摔来。

"横扫一切牛鬼蛇神！"的口号声便是伴奏。

就从那时起，菩提觉得自己的精神世界像那撕碎了的书一样，再也拼不拢来了。

"我们都还这样关心政治！"慧韵见菩提半晌不语，感慨地说。

要知道，关心政治，是许多人多年改造的成绩呵。菩提曾怎样重新裁剪自己淡泊的性格，炼铸自己柔弱的灵魂，使之发出斗争的火花，那真是艰苦的历程呵。但谁也没有想到，等待她的，竟是"敌人"二字。

"其实你应该关心的，只是一件事。"慧韵接着说。

"治病，活下来！对么？"菩提望着慧韵干皱的小脸，这脸在台灯黯淡的光线下，闪露着希望，居然发出柔和的光彩。

"那当然，不在话下。我说你最该关心的是终身大事。你——你该有一个家。"

"家"！这是多么美好的字眼！菩提曾经有过最幸福的家。这个家有着父母深厚无边的爱，有着优越的物质条件。她也曾经憧憬过自己组织的家，千百次地排列过那里男主人的条件。但过去和将来都不是现实。现在，只有慧韵坐在破藤椅上，关切地望着她。

若用"只有"二字来描述慧韵的关心，这两个字显然负担不了，因为那分量是太沉重了。慧韵从小爱着许多人，她爱父亲和后母，虽然他们待她很冷淡。她爱那传播孔孟之道的老保姆。她更执拗地爱着自己的生母，那早已不存在了的、夭折的不幸女子，她除了慧韵以外，什么也没有留下。每逢生母的诞辰和忌日，她总要撕下这一天的日历，放在一个旧绣囊中保存，好像这薄薄的纸便是生母那脆弱的生命。过几年，她便来一次火化，焚烧这些日历。她爱共产党，而且认为总支书记便是党的化身。她也爱系里的许多教师。但是从总支书记起，许多人都把她看做旧知识分子。那意思就和工厂里的留用人员一样，虽无明文规定，却和一般人总有些不同。她爱儿子，自不必说，但十几岁的儿子常觉得母亲的感情是个负担，更何况在这以无情为高尚品德的年月！现在，她把经过煎熬、折磨而更凝炼了的感情，倾注在菩提身上。对于菩提，她是母亲、姊妹、同志、朋友。正像菩提愿意倾尽一切来使国泰民安一样，慧韵愿意倾尽一切来为菩提遮蔽风雨；当然，她们都是做不到的。

　　菩提没有答话。慧韵踌躇着，终于说："我想，明天晚上，去找韩仪。"

　　菩提马上坐直了身子："我看，大可不必。"

　　"老伯病中，他虽然没有来，以后他还是来过的呀。再说老人家病的时间太短，你又没有通知他。"

　　"这还用通知么！"菩提看着慧韵坐着的破藤椅，努力回忆韩仪坐在上面的情景。但可能他最后一次拜访纯属礼节性（当然那也是很不容易的），她竟想不起他说了什么。也许他根本就没说什么吧。"根本不够交情，永远也不会的。"菩提若有所思。"我有一个奇怪的念头，已经忘却多年了。其实这不仅是个念头——。在重庆时，有一次到磐溪去玩，溪水里有很多好看的石头——。"菩提沉默了。她并不是落进了回忆，而是奇怪不知从何时起，许多美好的往事都变得淡漠遥远，模糊难辨了。

慧韵等了片刻，见她不语，遂做出一个微笑，道："怎么又是石头？实际点吧。知己是可遇不可求的。"

多年来，菩提习惯于紧张的工作，早已没有给寻求知己的柔情留一点余地。但是五十年代视婚假为浪费光阴的情绪，到六十年代就消失了。她那时已不必再参加婚礼，因为该结婚的都已结了。然而不需要什么触发，在生活的空隙中，有时竟在工作、学习中，不时会有一种淡淡的哀伤，一种没有着落的寂寞之感，飘上心头。

虽然菩提年纪已近四十，但在一九六六年六月以前，还有几个人愿意得到她的手和心。"史无前例的文化大革命"开始以后，那些人陆续撤退，只剩韩仪一个人，还保持着若即若离的关系。

菩提和韩仪认识两年了，始终没有超越这种若即若离的关系。韩仪是一位结构工程师，专门研究薄壳建筑。他兴趣很广，人也生得韶秀不俗。他的父亲据说是位名医，也可谓门当户对。许多人劝菩提快点抓住时机办了这件终身大事。菩提也努力过，但她和韩仪在一起时，总感到他在衡量她的价值，持着一种挑选的态度。他那白皙文雅的脸上的神气是高傲的，似乎在说："你么，党员，业务，相貌都可以得分数，加在一起还合格。"如同在运用什么数学公式一般。他们来往的时间不算很短，但总是产生不出那神秘的、能够托以终身的感情。

菩提有时这样想："莫非我的感情已经随同青春消逝了？"她想到这个念头时总感到一阵恐惧，好像看到自己的那颗热情的、敏感的心上缠着一层层厚厚的茧，在重重包裹之下，那血肉做成的、颜色鲜艳的心在慢慢枯萎。

菩提这时坐得笔直。黑暗笼罩着整个小院，三生石的轮廓模糊不清。门缝里透进潮湿的凉气。菩提不经意地向窗外看着，长叹道："已经够实际、太实际了。我的心早变得太世故，发不出光彩了。有肝硬化，也有心硬化，灵魂硬化，我便是患者。"

"嗐！"慧韵叫了一声，这是她不满意时习惯发出的声音。她叫出来又赶快捂住嘴，生怕惊吓了菩提。她停了一会儿，轻声说道："你怎么能这样说！你是最懂得感情的人。爱情在你身上会成为一支抒情名曲，就好像在我身上成为哀乐一样。"

"哀乐？"菩提觉得喉咙哽塞住了。她从未这样想过。"哀乐是神圣的。"她喃喃说道。

"哀乐是不可改变的。"慧韵的大眼睛在灯光下黯淡地闪耀。她脸上柔和的光彩这时都集中在眼睛里了，变成一种幽怨而又坚决的神情。"那是我的誓言。在洞房花烛夜，我们两个都发了誓。那时的地质考察工作就像飞行一样危险。我的誓言是：如果没有孩子，他哪天死我哪天死。如果有孩子，我无论如何也要把孩子抚养成人。"

菩提的眼泪不觉夺眶而出，顺着脸颊流了下来。孩子是抚养成人了，但他哪里去了呢？那万丈深渊中的白骨能否知道慧韵如今的遭遇和孩子的下落？

她们沉默了好一阵，慧韵才轻声说："我让你难过了吗？——我一定要去找韩仪谈一谈。你不要管！我，我多么希望你幸福。"

菩提是这样感动，简直说不出反对的话。也许慧韵尽过了力，她心里会舒服一些？也只好随她去吧。慧韵轻轻关了台灯，拉开房门，说了一句："下雨了。——休息吧。"就轻轻带上了门。

淅沥的雨声随着黑暗充满了小房间，窗隙中飘进了轻薄的寒意。

次日清早，菩提一开房门，一阵清凉的、新鲜湿润的空气扑面而来，使得她精神一爽。细雨朦胧，形成薄薄的烟雾笼罩在院门外的柳树梢头，芦苇塘上。菩提从小院这头看到那头，地上湿漉漉的，不知什么时候，长出一层苔藓，颜色碧绿。那大石上，也涂染了斑驳的绿色。她忽然想起杜荀鹤的诗句："翻知钓鱼处，一雨一层苔。"便是冰刀霜剑之下，也还有来年的春天呵。

歪斜的石阶缝里，青草正在发芽。

三　焚稿

梅菩提被判决的第三天，系里通知她，立即到系文革领导小组去一趟。自一月份起，各部门仿效上海的榜样，纷纷夺权。医院夺权的结果是对梅理庵之类的人不予治疗。Y大学夺权的结果是对各类"牛鬼蛇神"严加监管、批斗。在这种情况下丧生的，当然不只梅理庵一人。Y大学中文系原来便是造反派当权，夺权的结果是张咏江名正言顺地成为系文革领导小组第一把手。

菩提来到系里时，只见原来的总支书记办公室里坐着张咏江和另外两个人。一个是教现代文学的教员，据说业务颇为出类拔萃，曾因多年乘车不买票被拘留审查，这成为他控诉公、检、法部门的一个重要题材。

另一个是张咏江的元配夫人、资料员施庆平。她一直认为她这样的人做资料员简直是重大冤案,"文化大革命"一开始,她便大显身手,控诉、揭发的大字报贴了满墙,署名是施青苹。当时菩提还不知这是从哪里来的新人,过了许久才知道是施庆平的新名字。她身材细瘦,像一根直直的木棍。张咏江恰和她相反,身躯胖大,近来更为发福,此时沉甸甸地坐在椅上。

"你坐下吧。"张咏江貌似和蔼地说。

菩提回答道:"我站惯了。"

张咏江知道菩提一向是不服气的,也不和她计较,只冷冷地说:"那你就站着。医院通知你今天下午去住院。现在我代表文革领导小组,代表革命群众向你训话!你的罪行是严重的。你坚持梅理庵的反动立场,你自己还大量放毒,到现在也没交代清楚!你到医院以后,不准乱说乱动,继续交代检查,我们还要随时批斗!听见没有?"

菩提也冷冷地望着张咏江,觉得此时最好有一块惊堂木,喝过了"听见没有?"便把惊堂木一拍,那才够意思。

"训话完毕!"那现代文学教员起了惊堂木的作用。

"我没有钱去住院。"菩提表示还没有完,"我的钱都让你们抄走了，每月也只有生活费。"

"你没钱是你自己的事！"施庆平的一口上海腔响了起来，尖锐的嗓音使人不寒而栗，"你还是这样嚣张！你以为我们怕你？我们惩办不了你？"

"又需要惊堂木了。"菩提想。

但是张咏江替夫人转了弯，他说："你到会计那里去借！"

于是菩提"借"了二百元，回家了。一路上遇见不止一个熟人，但没有一个招呼她或问候一句。菩提经过湖边时，迎面遇见教古汉语的郑立铭。他骑着车，左右看看没有人，便掉转车头，先骑到一丛树中。等菩提走来，他说话了："听说你病了？"

菩提抬眼看他，点点头。

"你要当心。"郑立铭本是菩提的同学，四九年参军南下，后来又回来教书。到目前为止，还没有找出他的罪名，所以他还是革命群众。"现在很乱，什么事都可能发生。齐永寿前几天给张咏江提意见，挨了打。"

"有什么要特别注意吗？"菩提问。

"倒也没有。"郑立铭又左右看看，"总之你千万不要写日记什么的，片纸只字都可以罗织罪名。你多多保重。"他一面说着，一面骑上车走了。树丛很快遮住了他那佝偻的身影。

菩提却很平静。她在思索这一切是怎样发生的。张、施二人恨她直入骨髓,是人所共知的。在一九六二年教员提级时,张咏江自报的学术著作中,有一篇关于楚辞的研究论文,若论他的水平,未必写不出来,但他偏偏是抄的,又偏偏给菩提发现了。那时的菩提,是不会沉默的。

"我是不是对人太严格了?"菩提一路暗想,"不,对待张咏江,我没有错。可为什么这类人这样得意?搞政治就需要权术吗?现在这种情况下,能往前冲的不是傻瓜,就是骗子!"这大逆不道的思想又出现在她脑中,她连忙左顾右盼,看有没有人注意到她这无声的思想。

"可怎能证明这想法是对的呢?我是无能为力了。我——要死了。"菩提惘然地看着那还是一片荒凉的苇塘。有人正往苇塘边勺院前倾倒垃圾。

进门时,她下意识地像父亲一样,把镌刻在砖上的"勺院"两字看了半天。这小小的勺院呵,多少年来,有多少人在这里生活过,又死去了。他们像爹爹一样,像自己一样,也像那石阶缝中、乱煤渣下的小草一样。那青苔!那绿草!爹爹在世时还没有长出来,现在都长出来了。那充满生命的、诱人的绿色呵,生长罢，蔓延罢，染遍整个世界，把春天带来罢！而菩提，是要离去了。

去医院要带的东西很简单，菩提早已准备好了。只有一件事是她安排好临行前要做的，郑立铭的话更增加了她的决心。她在院中站了片刻，便拿出一柄煤铲，虚掩了院门，在原来生长过丁香的地方挖了起来。挖着挖着，泥土中出现了一个油纸包。

菩提小心地解开这包东西，其实这小心也毫无必要了。那里面是她的几部文稿，如此熟悉的、凝聚着她的生命的文稿。一篇是那已经发表过的、给她招来横祸的《三生石》手稿。她自己也常常奇怪，那小小的字迹怎么会有如此巨大的感染力，以致十年前，那么多读者写信来倾诉自己的感受。这些感情丰富的人现在不知怎样了，但愿他们不要受到牵累！另一篇是一部未曾发表的中篇小说，题名为《鹏徙之初》，写的是一班学生在毕业前的生活。他们经过种种思想斗争，精神波折，终于展翅飞向祖国需要的地方去了。可现在呢？在现在的暴风雨中，他们在祖国的天空下，可曾折断了翅膀？

第三篇文稿是一部十八万字的文学传记《苏轼传》。菩提深爱苏轼诗文，也很敬佩苏轼的才干。诸如徐州治水、定州练军，她都作了细致的描写。以前她曾开玩笑说："要是苏轼活着，我就嫁给他。"但是苏轼不会再活转来，菩提自己也要离开这世界了。

"一生竟没有遇见一个我生命中的东坡。"菩提拿起这部文稿，心中升起一种怅惘的、遗憾的情绪。

第四篇是论文，评论奥地利作家卡夫卡的作品，联系到丹麦哲学家吉可加阿德的哲学思想。菩提现在翻了几页，觉得恍如隔世。那时怎么会去批判那病态的作家呢？他把人在走投无路时的绝望境界描写得淋漓尽致。一定要到自己走投无路时，才会理解他吗？

好了，又何必想呢？小说、传记、论文，自己的思想、感情，所爱所恨，所悲所喜，都要付之一炬，化作灰烟了。

菩提捧着文稿，站在三生石一侧，全身都在发抖。她没有做过母亲，但她觉得这些文稿就是她生下的婴儿，就是她的亲骨肉。谁不爱自己的亲骨肉？谁不愿自己的骨肉留在世上，直到永远？而她就要给自己的亲骨肉执行死刑了。

留下来让人给它们判定各种血淋淋的罪名吗？让人把自己心血的结晶做成自己的十字架吗？不！纵然死了，也不让自己的骨血任人宰割。那么只有一条路，就是自己先毁掉它们！

菩提划着火柴，先燃着了《三生石》的手稿。那一对年轻人的形象，早留在人们记忆中了。让他们在火的光焰里再经受一次洗礼吧！一会儿，另三篇文稿也都投进了伸卷着红舌的火堆。菩提的眼泪一滴滴流在衣襟上，看着那随火焰腾起的、还保留着纸片形状的黑灰。它们会成为涅槃后的凤凰吗？它们会战胜死亡、又从死亡中变成蝴蝶吗？怎么会呢？只是毁灭，只是灰烬罢了。这灰烬在小院里到处飘散，有的竟落在菩提的头发上。头发是乌黑的、光亮的，在火焰的气浪里微微飘动。纸灰在这一头秀发上闪着火星。

院门开了，慧韵走了进来。她手里拿着一封信。那小小的枯皱的脸上，充满了关切和惊诧。

"你怎么这样大摇大摆地烧东西？他们知道，会抓住口实连病也不让你去治的！"她一面说，一面伸手拣去菩提头上的纸灰。

"我还怕什么？"菩提喃喃地说，抬起满是泪痕的脸。

"看看这信吧。"慧韵带着希望、焦急，又有几分害怕，递过信来。信是韩仪写的。慧韵前天去找过他，告诉他菩提得了癌症，几乎是恳求地请他给菩提一些精神上的支持。韩仪有礼貌地表示了关心，现在寄来了这封信。

"哦，"菩提淡淡地看了信封一眼，"你看吧。"

"我看？"慧韵倒是很想看的。

"我懒得看。"菩提继续拨弄那一堆火。火，已经快烧完了。

慧韵一下子撕开了信封，拿出信来念道：

菩提：
　　知道你患癌症，我很关心，很遗憾。我的处境也不妙，可能会给你惹事，以后再不能来看你了。望保重。

　　　　　　　　　　　　　　　　韩仪

信开头菩提后面本有同志两个字，大概韩仪知道菩提现在已非同志，擦去了。擦拭的痕迹还很清楚。

"哦。"菩提仍淡淡地看了那信纸一眼。

"人，怎么这样坏，这样狠！"慧韵拼命忍住眼泪，几把扯碎了信，扔在火堆里。

菩提轻盈地转过身，敏捷地拣出那几块碎纸，把它们扔进了垃圾盆。

"这信便是烧成了灰，也要弄脏我的文稿。"菩提低声解释，对慧韵温柔地一笑。

"你是有洁癖的，我知道。"慧韵惘然地说，"你有理想，不能忍受肮脏污浊，我知道——"

"可大字报上尽说我'灵魂肮脏'呢。"菩提仍在收拾那一堆灰烬。火,已经灭了。

"我不懂!真不懂!"慧韵帮着菩提,很快埋好了那堆灰烬,"你,什么也别想,专心治病,治病!要坚强地活下去!"

"是要活下去。活下去才能知道自己的思想是否真的'反动透顶'。"菩提平静地看着那"文冢"。看了一会儿,走进屋里,把爹爹的骨灰罐抱在胸前。她像最后抚摸爹爹枯瘦的手臂那样抚摸着骨灰罐,甚至不自觉地把陶罐放在耳侧听了听,慢慢地对慧韵说:"看来把爹爹和母亲合葬是不可能了。我要是死了,你找个地方把爹爹埋了吧。香山、樱桃沟……甚至校园里就有许多好地方。"

"你会回来的!会回来的!"慧韵只有这句话,她早已热泪盈眶,失色的嘴唇不停地颤动。

"我未必死在手术台上。但以后就很难说了。"菩提思索地说,"你的处境更难,只是如果有机会,万一我——"她没有说下去。

"你——会回来的——"

"会回来,会回来的。"菩提微笑地重复着慧韵的话。她心里在大声叫着:"我要活!我要活!"

下午,西语系开批斗会,慧韵要去接受批斗,当然不能请假。菩提右手提了她的蓝布手提袋和一个装杂物的包,左手提了一个暖瓶,一个人到医院去了。

四 病房

Z医院外科病房的休息厅里,四壁都挂着语录。进门右手墙上的一则,字特别大,四周镶有木框,占了一整面墙,尤其醒目。这条语录是:"人总是要死的,但死的意义有不同……"一个身材婀娜、戴着无边金丝眼镜,看上去年纪尚轻的女子,正站在厅中打量这幅语录。她还是一手提着手提袋和一个布包,一手提着暖瓶。她是在等护士分配房间,不时回头看看厅外甬道中的护士桌,那里已经有二十分钟无人出现了。

梅菩提站了一阵,找了一张可以望见护士桌的椅子坐下来。那赫然占据了整面墙的语录也占据了她的脑海。"人总是要死的。"她想。"人,总是要死的——不过,如果死于癌症,可算得轻于鸿毛。"这是她忽然得到的启发。思想紧接着闪了过去："要是我布置这房间，我就写'活下去！你会看见真理。'旁边挂些恬静的风景画。"又是大逆不道的想法，使她自己觉得惊异而惘然。"怎应总是瞎想！……对了，这证明我有足够的勇气活着……"

门外闪过了白衫的身影，菩提立刻停住思索，敏捷地走到护士桌前。一个胖胖的、四十上下的护士正要坐下来，已经有好几个声音在叫她："霍姐！""霍姐，你来一下。"

菩提赶快递上住院证，霍姐看了一眼，又端详着菩提，问道："出身？"一面拿起笔，俯身准备写在住院证上。

"教授。"菩提曾为自己的出身专门查过有关文件。照说教授属于自由职业者，可以笼统地称为职员，但有一次菩提在例行的自报家门时这样说了，引起一场激烈的批斗，说她隐瞒成分。以后她就总是说"教授"，尽管这两个字常给她招惹不必要的麻烦。

"噢——"霍姐这"噢"字的声音是从下往上，似乎在说："早看你不是好人。"她抬头看了菩提一眼，仍旧俯身执笔，问道："问题？"

"什么问题？"菩提也故意反问了一句。

霍姐脸色一板，左额角的一块红记忽然明显起来。

她放下了笔。这时正好有一个身材娇小的护士挤了过来，一面说："三十床的血管太难找了。方大夫也叫你去呢。还不扎上，夜里也完不了，又没人看他。"说着轻巧地把胖霍姐挤出去，自己在桌前坐了。

这护士面色白净，看去不过二十多岁。她先在桌上翻找一气，然后对菩提说："病历还没来。你先到病房去吧。308，二床。"她还是公事公办的样子，几乎看不见地淡淡一笑，就去应付别人了。

"总算可以安顿下来了。"菩提忽然觉得手里的布包和暖瓶是难以形容的重。

308病房是个南向的房间，光线很好。屋里并排摆着四张床。从门口数去，第一、第三两张床上都躺着病人。最后一张靠墙的床也显然是有人住的。床头几上摆着书籍和橘子水，被子半掀着，床脚搭着一件旧毛衣。菩提向空着的第二张床走去，慢慢放好东西，在床沿上坐下来。

一床的病人友好地招呼她："姑娘，你哪儿坏了？"这是一位农村老大娘，鸡皮鹤发，一脸的慈祥。

"我是乳腺癌。"菩提微笑道，"大娘呢？"

"我么？我是肺坏了。其实百不咋的，就是咳出些子血来。"

"大娘乐观着呢。"三床上的人搭话道。她看去四十多岁，脸色很暗，不知是皮肤还是气色的关系，"不像我，净发愁。"接着自己介绍病情："我是鼻咽癌。这是第二次住院，已经做过手术了。第二次手术。"

菩提不由得仔细端详她的脸，倒也看不出什么。

"乳腺癌不要紧，只要发现得早，能治好。"三床病友好意地安慰说。

"咋没人送你来？你自个儿上医院？"停了一会儿，大娘见菩提还是一个人坐着，便关心地问。

"我家没有人了。"菩提干脆地说。大娘不再问了。不是出于礼貌，而是出于真挚的关心，怕引起人家的伤心事。

不用十分钟，菩提已知道大娘姓魏，是怀来附近农村中人，住院已四天，还没有决定动不动手术。大嫂姓齐，是家庭妇女，常在Y大学里做临时工，丈夫在区法院工作。她第二次手术效果不好，头痛得厉害。这屋里还有一位病友，也是位老师，直肠癌，手术后十天了，情况很好。"人家知识大，会养病。哪儿坏了，能制住。"大娘说。

正说着，那一位病友走了进来。这人身材匀称，虽然已过中年，眉眼还很俊俏，只是颜色惨白。菩提定睛看时，竟是她们学校生物系的崔珍。

崔珍也很惊讶："梅菩提！你也得了癌症！"她知道菩提的简单情况后，便说："对病要正确对待，不要怕。我就一点都不在乎，所以恢复快。"崔珍说起话来总有些像教训人。"直肠癌比乳腺癌麻烦多了，这便盒子就够收拾的。可我想，这也是斗争。癌症便是阶级敌人！"崔珍一本正经地发议论。

菩提和崔珍不熟。只知她素来以要求自己严格著称，换句话说，即是久闻她狠心冷面。她在"文化大革命"开始后做了几件赶得上时代的事，也算得名噪一时。崔珍的丈夫是生物系总支书记，被揪出后她马上离了婚。当时法院对这突如其来的风暴也有些晕头转向，说应当看一看，不予批准。崔珍大闹法院，说不批准是站在走资派的立场，她要上告中央。不知她究竟告了没有，法院很快就批准了。后来总支书记悬梁自尽，系里特地搞了一次批斗会，邀请各系押解劳改人员来参加，好让他们知道，死并不能结束一切。菩提也躬逢其盛。一个普通的讲桌上摆着简陋的骨灰盒，盒后竖着白纸幡，上有黑字大书"打倒死不改悔的走资派陈焕！"当时过了好一阵菩提才明白这是斗争死人。化成了灰还要斗倒斗臭。一个个发言激昂慷慨，像箭似的射向死去了的陈焕。最后安排的节目是陈焕的女儿陈理批判父亲，可临时陈理不知去向，结果是崔珍自己站出来发言，把与自己做了二十载夫妻的人骂得狗血淋头，好像恨不得他再死一次。当时会场上好多人泪下不止，不知是为她的原则性所动，还是因为她的冷酷引起对死者的同情。会后监管人员仔细检查每个人的脸，凡有流泪嫌疑的一律罚站两小时，菩提当然也在其中。

这时菩提听到崔珍的话，觉得还很亲切。足见同病相怜的成语是人生经验之谈。可她想不出该说什么话，搭讪地看着崔珍床头的书，说："你还读这么多书。"

"当然了。岂有不读书之理！"崔珍上了床，拿起一本马恩选集，不自觉地向前伸着，好像展览。她拿起书来，马上不再理人。旁人还眼巴巴地看着她，以为她还要发议论。过了一会儿，她自言自语："小力还不来。她答应拿小报来的。"她的女儿已改名为崔力，不叫陈理了。

"小力是个好姑娘。"魏大娘热心地说，"心眼儿好。"崔珍马上接道："大娘不要人性论了，我就讨厌小力软绵绵的，没有斗争性。"齐大嫂哧的一笑说："真的，大娘别说心眼好了，这年月，心眼坏点才有用。"她接下去道："若论心眼，方大夫是真好，百里挑一，没忘记过当大夫该给病人治病！可我看他也吃不开。"

"我就盼方大夫给我动刀呢。"大娘说着咳嗽起来，自己轻轻地捶着胸。

崔珍也同意方大夫有一定业务水平，有责任心。"但是原则性不强。"她评论道。病人们评论医生，就好像学生评论老师一样。

菩提只听着，她没有发言权，但她眼前浮起那镇定深邃的目光，带有菜色的面容，还有那十分沉静善良的神情。她想问方大夫是否也看门诊，这时，一位护士在门口探探头，招呼菩提到检查室。

检查室里坐着的，正是门诊时给菩提看病的方知。菩提一见，心里的高兴如同泉水般滋润了全身。她不禁说："方大夫到病房，我就放心了！"

方知对菩提友好地微笑了一下，简短地说："我那天看门诊，是替工。"便开始敏捷、从容地检查起来。他问了有关的问题，最后在病历上写着，一面说："你的肿瘤在内侧，最好做超根治术，不然不保险。"他见菩提茫然地望着他，便解释道："就是要割去三根肋骨，取出内乳淋巴结，免得有瘤细胞藏在里面。"

"大夫看该怎样做，就怎样做。"菩提的回答简洁干脆。

"可你，你不和家里商量一下吗？"方知拿出一张表格，放在桌上。

菩提习惯地闭了一下眼睛，眼睛在镜片后面成了两道弯弯的弧线，长长的睫毛垂下来，好像她要封锁与外界的通道，向内心深处发问。这是菩提思索时常有的表情。平常她还习惯轻抿着嘴，在颊边就出现了不经意的微笑。但这时却成为困惑、痛苦的表情。她想到慧韵。慧韵这时对她来说，是父母，是姐妹，是知己，是她尘世间最亲密的人。但如果填表的话，她又什么也不是。何必去增加她的烦恼呢？她自己的烦恼已经超载了。

"商量什么呢？我信你，方大夫。"菩提的声音有些发颤。她抬眼看着方大夫，目光里充满了诚挚的信任。

方知轻轻咳了一声，说："那好，那我们就这样定了。可还得找你的家属，要签字。"他有几分抱歉地说，把表格向菩提推了推。那是一张手术单，其中一项是家属签字。

菩提也轻轻咳了一声，紧接着坦率地说："我自己签可以吗？我没有家属。"

若照方大夫职业上的习惯，他该接下去说："那就请你的单位来签字。"但他没有说，只迟疑地、同情地望着菩提，那瘦削的面容露出一种近乎悲戚的神色。

他那看惯血痕刀光的眼睛,仿佛看见菩提怎样从血迹斑斑的道路上走到医院来。他不再说什么,迅速地收起手术单,简单地说:"我们争取后天做。"

菩提站起身,对方知感谢地一笑,方知却看着别处。菩提几乎庆幸自己生了重病。因为在病中,她可以信赖医生。生病而有医生可信赖,这是多么正常,美好呵。她那碎作破片、没有支柱的精神世界,围绕着疾病,在慢慢凝聚起来了。

她回到病房,把枕头竖起,靠坐在床上。这时,大嫂的丈夫——一个干瘪小老头,崔珍的女儿——一个妙龄姑娘,都在房里。等她坐好了,大家都看着她,等她讲述见医生的经过。每个人见过医生后回房都要讲的,这似乎是病房里形成的习惯。

菩提自然地遵从了这一习惯,虽然没人指点她。齐大嫂马上说:"别怕。手术一点儿也不疼。我都切呀凿的闹了两回了。比我到你们学校当临时工累得直不起腰好受多了。"她和菩提说话,眼光却一直不离丈夫。"怎么着!得我隔三间五贴补家用嘛!"丈夫憨厚地笑着,给她揉着太阳穴。

"辛苦我不怕。可我们家的人净闹病。在乡下跟着爷爷的儿子先病死了。真没少花钱,也治不好。好不容易有个上大学的儿子,上学没多久,就有点儿神经病，净犯迷糊。"齐大嫂说着，声音有些凄惨。

老齐解释地说："他也是有时明白，有时糊涂。——梅老师小手术做了几天了？"他转移了话题。

"你就不该先做小手术。"崔珍不容菩提说话，抢着以权威的口气说，"你从小手术到现在有十来天了吧？这期间很容易扩散。癌细胞顽强得很，在哪儿一落下来，就赶不走的。我有时倒想，我们要斗争，就要像癌细胞一样顽强。"她讲话时，女儿坐在床边，年轻的脸上带着畏怯、惶惑的神情。这在那时的年轻人中是很少见的。

"像癌细胞一样——"菩提觉得心头微震。她想起显微镜下癌细胞凶神恶煞的面貌，不觉又毛骨悚然。她闭上眼睛，努力寻思正常细胞的模样，好在那善良的形象中寻找依靠的力量。这方面，崔珍应该是熟悉的，但菩提并不想和她谈这个。

这时，一个二十上下的解放军小战士走进病房，两手各提着两个暖瓶，依次放在四张床头几上。崔珍自管看小报，并不理会。老齐站起来笑说："今儿你又抢先了。"菩提连忙道谢。大娘说："有那么多礼数。让他打去！"菩提便知这人是大娘的儿子小魏了。

齐大嫂赞叹道："有这样的儿子，还能不放心！"

大娘道："我就是不放心。我们二愣子愣着呢，二十出头了,还没娶亲呐——"小魏可能不爱听,插嘴道:"娘,我去找大夫问问。"便又出去了。

大家随意谈着,互相不时插一两句话,气氛很是轻松。这是菩提没有想到的。她原以为一进这医院,就会进入死亡的阴影。在疾病的酷刑下,人,除了辗转呻吟,还能做什么呢?然而这里阳光明亮,生意盎然,米黄色的绸窗帘轻轻飘动,那是春风在吹。

小魏回来了,说负责魏大娘的辛大夫仍是找不到。那医生从第一天给大娘检查后就没有露过面。晚饭后家属陆续退去,室内清静了。菩提站在窗前,看楼下的花木。楼下一块空地上,种了几棵迎春、丁香之类。迎春已经开了,柔软的枝条上缀满黄花。空地那边,就是病理科和太平间了。这时暮色渐浓,远山隐在一片云霭之中。菩提心中很平静。

"方大夫!您来了。"另外三个几乎同时叫起来,声音充满了喜悦。

菩提转过身来,见方知走进病室。在昏暗里,白罩衣的轮廓格外分明,显出他微驼的背。他在门前停了一下,问道:"可以开灯吗?"

"当然了。""您开吧。""谁嫌亮哩!"是三个回答。

灯光驱走了暮色。菩提看见方知手里拿着一块抹布。他一直走到魏大娘床前，着手擦抹床头几。原来为了"反修防修"，打破医护界限，各医院都规定，医生参加清扫病室，护士参加诊断、治疗。但做手术是真刀真枪的事，胆敢滥竽充数的倒还不多。外科医生照常一站几个小时，不能减少。所以方知只好在晚饭后的空闲时间，来清扫分配给他的几个房间。老齐、小魏和崔力都主张干脆由家属负责，但霍姐、辛大夫一派认为这是"反修"大事，关系到医生本人的觉悟，必须这样办。其实在"文化大革命"以前，有些著名医院都已经这样办了。

　　方知如同做手术一般，擦桌、拖地都迅速、准确，没有一点多余的动作。他一面劳动，一面回答病人的问题。那多半不是问题，而是诉苦。三人中只有崔珍是他的病人，她的情况还好。齐大嫂头痛，是无法解决的，止痛药不管事。他心知现在还不到最剧烈的时候。魏大娘胸痛，他以为若照大娘的实际年龄，还是应该争取动手术，大娘不过五十多岁。但辛大夫总认为她已七十多岁，可以不必做手术，也无法做手术了。他若多说，在平时也是越俎代庖，更何况现在两派壁垒严明，任何事都可以引起轩然大波，哪里还能提不同的医疗意见！而且辛声达一派已夺了权，辛已是代理主任，是上级了。"只是苦了病人。"方知常常想。

菩提本打算帮着方知扫地，经齐大嫂解释后只好不动了，便坐在床上。魏大娘问她："你看了半天，看见迎春花开了没有？我进来那天见着小骨朵儿了。"

"远看像是开了。桃花全谢了。"菩提回答。

"这里头的花树倒没锯。好些地方都砍了。"齐大嫂说。

崔珍大概为了掌握病房的政治方向，连忙说："砍点花树也是必要的，破四旧嘛！我就不喜欢花。花，本来是为了延续植物后代的，只有这个用。"

"花，不能搞阶级斗争用！"齐大嫂又味地笑了。

"我可喜欢花哩。"魏大娘认真地说，"我家门前有一棵海棠，我就惦着回家看海棠花哩。"

"说是要到中南海静坐揪刘少奇，"崔珍指着小报，再一次扭转话题，"我要是不生病多好，我也去！'文化大革命'真是轰轰烈烈呵！方大夫，让我快好了吧！我好去参加运动，和走资派、修正主义分子们斗争。"她说着，忽然想起菩提的身份。可能病房毕竟和世事有所隔阂，她一直只把菩提当成病人，而没有从政治上时刻警惕。"我还是太缺乏锻炼，缺乏政治敏感。"崔珍心里做着自我批评，一面继续说话："修正主义无孔不入，随时都得警惕！"同时瞟了菩提一眼。

菩提也看了崔珍一眼，看到她那在灯下愈加惨白的面容和那一本正经的样子，心里暗想："病房里也难逃阶级斗争。"她不便说什么，只不经意地抿嘴一笑。

方知正走过来擦菩提床前的地，把这都看在眼里。"新病人的态度多么沉静。"他想，"她没有亲人。是三名三高人物吗？表面上看不出来。是历史问题？谁知道呢。看样子，她没有经历过这种双重的打击，本来这是史无前例的。癌症，很少人会得几次。"他常常是同情病人的，这时更觉有一种关切之情，很想问个明白。但她不过是个陌生的病人而已，他什么话也没说，只看着她，慢慢地点头微笑。这一笑，表现出他在心中汹涌着的同情，使得他脸上本来就有的善良的神情更加善良，在灯下晔然生光。菩提心头忽然又是一震。这种善良的模样不就像正常细胞吗？正常细胞给人的感觉就是这样的。不只是方知的笑容，老齐、小魏、大娘、大嫂都有着类似正常细胞的神情。她应该回方知一笑的，但她却也默默地望着别处。

这时，霍姐在过道里嚷嚷："每天收拾得好好的厕所，到晚上就下不去脚！都是你们这些直肠的，真祸害！"一会儿，她气汹汹走了进来，对魏大娘嚷道："你那个儿子是怎么回事！你住进来几天了，也不照面儿！该怎么办要和家属商量，他倒好，撒手不管了。"

魏大娘有些惊慌，结结巴巴地说："真——，咋没露头呢。他后响还在呀。"

霍姐不容人插嘴，继续嚷道："病床紧张得很，你这不妨碍别人治病吗？你要不治，就请你出院！"

魏大娘更加惊慌地看着她，不知她为什么火气这么大。那时讲究的就是火气大。火气大，斗争性才强。和颜悦色，怎能显示斗争性强呢！

齐大嫂的头痛已经开始，她乘霍姐喘气时赶紧嚷道："人家一下午都在这儿，找辛大夫没找着。"崔珍赶忙道："大夫当然都是忙人，只有病人等大夫，哪有大夫等病人的。"大家正绕不过她讲的这个理，方知已放好拖把、抹布回来，平心静气地问道："辛大夫什么时候有空见他？"

霍姐是她们一派的闯将，打骂都走在前头，但对方知，还有几分尊敬。她声音低了些："明天上午。"

"那好。我去找他。"方知说，"魏大娘，你有地址吗？"魏大娘的嘴唇和手都在发颤，靠在床上，把衣服的所有口袋都翻了个遍，找出张纸条来。方知接过看了，说："我就去。"便走了。

霍姐愣了一下，忽然意识到这是给了方知表现的机会，遂悻悻地嘟囔着："你反正光棍一条，没事干，充积极，再积极也没你的好！"也管自走了。

房间静下来没有两分钟，魏大娘爆发了一阵剧烈的咳嗽。她拼命用手抓胸，脸都憋紫了。菩提忙下床把痰杯送到她面前，她含泪看着杯子，摇摇头，又咳了一阵，突然吐出一口鲜血，紧接着又是一口，杯子马上满了。菩提忙换过自己桌上的空痰杯，低声说："找大夫。"崔珍和齐大嫂都起来了，崔珍出去找人，跟他回来的是小丁。她不满意地绷着脸，说："辛大夫值班，在办公室待了五分钟，又不见了。"她过来先给大娘打了一针安络血，收拾了血迹，又给她服过镇定的药。这时，别的病房在叫她，她连忙赶过去。

大娘安静了，齐大嫂头痛，呻吟起来。崔珍说，她天天这样，不用管她。菩提到盥洗间去洗漱，忽见一个细细的人影从走廊那头走来。来人在黯淡的灯光下微微有些摇晃。菩提简直不敢相信自己的眼睛，那竟是慧韵。"你怎么进来的？下午批斗凶吗？你跑这么远，多累呵。他们知道，还得斗你！"菩提一把抓住慧韵的手，引她进了盥洗间。

"这医院我熟得很。我认得路。我在这儿陪过外宾，你忘了？"还是那疲惫的笑容，"你怎样？哪天动手术？我不来一趟，怎能放心？"

菩提讲了下午的情况，说遇到了负责的好医生，要慧韵放心。

"崔珍和你同屋？"慧韵枯皱的脸上露出不屑的

神情,"她的神经相当机械化,怎么也得癌症?——动手术后需要人陪几天,要像今天这样,只要我出得来,我可以来的。可是明天的事谁知道呢?他们可能把我关起来。"她说了又赶快加一句,"关起来也没事,就是怕出不来了。谁来陪你?"说着凄然一笑。

菩提这时才看见慧韵戴了一顶不知哪儿找来的、有前檐的帽子,还系着头巾。她从未见慧韵戴过帽子。因问:"外面风大吗?"

"哦,我可得走了。不过我实在不放心。"慧韵的眼圈红了,赶快低头看地,又赶快从书包里拿出一个茶缸,塞给菩提,便转身走了。

菩提捧着那茶缸,仍在打量慧韵的帽子和头巾,愣在那里。见她已走,忙追了几步,低声说:"你放心,陶慧,我不是一个人。"她怎么不是一个人呢,她也说不清。慧韵在走廊那头扬了扬手,不见了。

菩提回到房间,把茶缸放在小几上,那是一满缸五香茶叶蛋,她平常爱吃的。"我不是一个人。"她心中觉得温暖而安慰。左邻右舍,都使她感到自己不是一个人,还有小丁,还有方大夫,那镇定深邃的目光,那带菜色的面容,还有那善良的、使人想到正常细胞的神情……正常细胞总是多的,总应该战胜癌细胞的!

齐大嫂仍在大声呻吟。菩提怕有风吹她,便去关窗。只见窗外月明如水,花影在地,一阵淡淡的草木的气息轻轻飘了上来。"迎春花开了。"菩提想,"别的花,朵朵都会开。"她又抬头看月,忽然意识到并没有风。

为什么陶慧韵要用帽子和头巾呢?她像被谁重重击了一拳,猛然地坐在床上。她明白了。她多么想抱住慧韵痛哭一场,用眼泪洗涤她的伤痛。告诉她,她的头发可以乱纷纷落在地上,但她是站得直的、顶天立地的人;告诉她,她虽然没有了头发,但她有菩提,还有人间许多正常的、善良的人……

泪水浸湿了菩提的枕头。病友的呻吟和远处火车的隆隆声,一夜都在菩提的乱梦里穿来穿去。

五 刀下

手术的头一天,都要把病人手术部位的皮肤刮洗干净,这叫做"备皮"。菩提经历这一过程时,觉得简直是要进屠宰场。

小丁的操作很轻柔，她一面刮洗一面说着闲话："你身材很好，以后可以做一个假胸，上海有做的。弄合适了就和真的一样，看不出来。"

经历过洗劫的菩提，对亭匀的身材已无多少兴趣，但她还是感谢地一笑。想到就要永远成为残疾者，心中有些伤感。以前她看见一个同事摘下假牙来洗，都觉得可笑得要命。而她现在竟需要假胸来整形了。以前她有青春，有父母，有祖国，有党，现在这一切都已远去，只剩下她孑然一身，而这一身也不属于她，就要送上手术台，听凭医生处理了。

"你的运气好。"小丁的声音也很轻柔，她分明是要安慰病人，"明天是方大夫动手术。方大夫年纪还轻，可现在这外科，也就靠他手里这把刀了。"她说着轻叹一声，"老的关的关，靠边的靠边，可这手术台，也不是那么容易站上去的。"

"病友们都说方大夫好。"菩提微笑道。

"方大夫少言寡语，倒得人心。"小丁说，"别看他能动刀，可连鸡都不敢杀。他的脾气倒像搞内科的。有人想挤走他。让那伙人站手术台，真悬！"

"出过事吗？"菩提问。

"那可没有。哪能呢。"小丁当然不会说的。她转了话题,"你有三十来岁吧?癌的发病年龄可能提前了。"

"这和情绪有关系。"

"可不么!都是气的,气的!"小丁认真地说。

菩提觉得自己便可以成为一份调查材料。不只是怒气,还有悲痛、惊恐、惶惑、怨恨等等复杂的情绪交织在一起,显然会直接影响癌症的发生,尤其是乳腺癌。她竟做了一回实验品,像小白鼠一样。

"还是这样关心政治,"菩提暗暗责备自己,"不要想这些了,想想自己身上的癌吧。"

晚上,照例服用安眠药。次日清晨,照例躺上平车,打过了让人糊涂的针,就要推到手术室里去了。这时病房里乱哄哄。齐大嫂因老齐昨天不知为什么没来,很是心神不安,一早便一趟趟支撑着到甬道门口去看。小丁和另一个护士在给她准备熏药,手术室来接病人的护士把平车推来推去,好不容易把一只坏了的轮子顺过来。还有霍姐雄赳赳站在一旁,她忽然发现这照例的场面还缺少什么,病房本该更拥挤一些。

"你家没人来?你就自己上手术室呀!"霍姐大惊小怪地说。

"她咋能不自己去哩,谁还会替她去?"魏大娘说着颤巍巍下了床,一路咳着,走到菩提面前,伸手拉住她的手,"百不咋的,梅老师。去去就回哩!"她那粗糙的、发烫的手用力攥了一下。菩提也微笑着用力回握大娘的手。

车子隆隆地给推走了。菩提心知这种手术在手术台上发生意外的机会很少,更何况是方大夫来做。但一些念头还是不听管束地掠过。世界上没有了我,花还会开,草还会绿,人间还会继续进行阶级斗争,其实任何人消失了都样的。爹爹的骨灰有慧韵管,可是慧韵会怎样呢?继续当她的现行反革命?继续被批斗、凌辱、剃头?她回家再也不用做出那疲惫的笑容了。勺院,再也不能给她安慰。这沙漠中的绿洲,真会随着菩提远去了。

车子走完甬道,就要推出病房的双扇门了。病人家属一般都送到这里,又在这里等着手术完毕。这时小魏正进门来,他居然认出是菩提躺在车上,腼腆地轻声说:"梅老师,快去快回。"

菩提没有戴眼镜,只模糊看出绿军装和红领章。她知道小魏昨天来,辛大夫又不在,去开卫生系统大会去了。今天来,或许能为大娘安排好治疗方案吧。她用力点点头,想道:"慧韵也会得到普通正常人的关心,因为总是正常细胞多……"她心中忽然十分空明宁静,这正是做手术的良好状态。

手术室漆成一片白色，迎门墙上有两行鲜红的字。菩提强打精神，眯细眼睛，认出那是一段语录："下定决心，不怕牺牲，排除万难，去争取胜利！"她一阵头昏，闭上了眼睛，那一串鲜红的字迹在眼前乱跳。

"你感觉怎样？"这低沉浑厚的声音听来很是亲切、熟悉。

菩提勉强又睁开眼睛，看见方大夫在俯身看她。方大夫像手术室里所有的人一样，大口罩遮去半个脸，但菩提仍能认出那微显凹陷的眼睛中深邃镇定的目光。

"好——"菩提轻轻说。这时有人在她脚上扎进针头，吊起输液瓶。又有人在她背上打了一针麻药，然后才用很粗的针在脊椎间插管，这是那种持续硬膜外麻醉。冰冷的药液流进她身体里，她觉得一阵凉意。不一会儿，她就索索地发抖起来，抖得窄窄的手术床都在摇动。

"打一针吗啡。"是方大夫坚定的声音。麻醉师立刻执行了。菩提面前遮上了白布。她听见方大夫说："辛大夫，今天你来好吗？"接着响起一个哑涩的声音："不，不。还是你做，我帮忙，帮忙。"这声音有些熟悉。菩提在昏沉中忽然记起，这便是给她做小手术时，自言自语"完了，完了"的声音。发抖过去了，医生们很快站好了位置。有人用针扎她，知道她不疼，手术便开始了。他们似乎不把她当作人,刀剪都放在她身上。放刀剪的声音,说话的声音,菩提都听得很清楚。

"她睡着了。"一个声音说。

"这人有问题。"那哑涩的嗓音说,"她们单位来人了,说她是——"

"弯钳——弯钳!"方大夫提高了声音说。分明要打断他。

"我想,既然方大夫已经安排了,还是做吧。"辛大夫哑涩地笑道,"我也好久没有上了。该来的。"

"我们是医务人员,应当治病嘛!"又一个声音说。

"卫生系统大会上说了——"还是那哑涩的声音。菩提每个字都听得清,但却不能理解是什么意思。渐渐地,声音愈来愈细,她陷入完全的昏睡之中。

这一台手术是在很不和谐的气氛中做的。辛声达大夫一面动着刀剪,一面胡言乱语。方知和他合作不只一次,从来没有像今天这样讨厌他的喋喋不休。外科医生在手术台边不时聊几句天,本是世界性的习惯,但辛大夫的话实在超乎"聊几句天"的界限了。这时方知觉得简直应该有一条禁令,像用药禁忌一样严格执行,禁止在手术中闲谈。几其在切断了胸大肌、胸小肌，显露了腋窝时，需要极其细心的操作。方知熟练地剪开覆盖腋动脉和腋静脉的薄筋膜，把各分支一一结扎、切断，他的每个动作都准确、利落，整个伤口内干干净净，没有多少渗血。他一面自己操作，一面注意辛大夫的刀剪，生怕辛大夫破坏腋动脉、腋静脉和两根必须保留的神经。这一段复杂细致的活干完了，胸壁创面干净地显出几根肋骨，像是等待对它们的处理。

"方大夫，计划是超根治吧？"辛大夫忽然说。

"是。她的肿瘤在内侧。"

"我想不必做了，可以结束了。我要开会。"

方知不懂这是什么意思，他十年手术台边的生涯中，没有遇见过这样的情况。"嗯？"他抬头看着辛声达。

"我是说，我没时间了。再说，对她这样的人，也不必很彻底。"

方知的第一个反应是赶快把目光移向另外两个助手。"谁能接替？"他想着。正在这时，手术台上那强烈的聚光灯忽然灭了。大家一时什么也看不清楚。"停电了。"有人嘟囔了一句。

"好不凑巧！"辛声达哑涩地笑着，"怎么样？结束了吧？"

大家赶快把手术床向窗前推动，有人打起手电筒。

"病人血压下降。"测量血压的护士报告。这句话减少了方知负疚的心情，他不能再踌躇，从牙缝中挤出三个字："截肢刀！"他接过那长把的亮闪闪的刀，迅速地把乳房、胸大肌、胸小肌及腋窝脂肪一古脑儿割了下来。胸廓内动脉穿透枝中的血涌出来，方知用钳夹住血管，双手灵巧地动了几下，便结扎完毕。护士向伤口倾倒盐水，洗涤血迹。

梅菩提的乳癌手术，遂也像爹爹一样，没有按照计划彻底完成。

手术进行当中，308病房里也展开了另一场战役。约在十点多钟，张咏江率领施庆平等人，来到Z医院。他们旁若无人地直奔菩提那张病床。施庆平把整理好的床铺掀了开来，到处搜摸一遍，又打开床头柜，把东西都拿出来过目。那无非是些极简单的日常用具。她拿到那些茶叶蛋时，撇了撇嘴，做出不屑的表情，把茶缸送到张咏江面前："看！她还有这个。"

"搁着吧。"张咏江看清没有别的东西，转身端详着菩提床头的墙，"刷在哪里好？床头还是床脚？"

这时崔珍说话了："你不是张咏江么？你们干什么？"

"哦，是你和梅菩提一个房间。"张咏江冷淡地看了崔珍一眼。他知道崔珍很"左",但很看不起她,只管问自己的部下,"还是床头好,目标明确。"

施庆平说:"我讲是床脚好,伊睁开眼睛就看得着。侬看看,床头也贴不下。"她索性说着上海话,好像这里只有他们夫妻二人。张咏江点点头,几个书生立刻在菩提病床对面的墙上刷起浆糊,动作十分麻利,转眼间就贴上好几张纸,几乎占了大半个墙,可见施庆平的观察很是正确。

那大字报的题目很惊人,是"向黑书《三生石》的黑作者、刽子手梅菩提讨还人命!"梅菩提三字都用红笔打了叉。

"他们干啥?贴的是啥?"魏大娘喘息地问床边的儿子。她刚剧烈地咳过一阵。小魏今天上午当然又找不着辛声达大夫,只能一直守候在床前。但他没有回答。

大字报贴好了。张咏江站直了身子,抑扬顿挫地向病人们发表演说:

"梅菩提是我们学校的牛鬼蛇神。最近许多人揭发,她写的黑书《三生石》毒害了许多读者,尤其是年轻人。"他说着刷的一声抖开一份中字报,"这是我们系里的一个学生写的绝命书。他说他看不出人生的意义何在,还不如像小说中的男主角一样,到来生去寻找生命的价值。他自杀了！"

这句高潮的台词话音刚落，施庆平等人马上振臂高呼："打倒梅菩提！""向梅菩提讨还人命！"病房里的空气非常紧张，简直如同刑场。魏大娘吓得用被蒙住头。齐大嫂本来上午头不大痛，这时疼得像要裂开，用力大声哼哼。只有崔珍紧张而又饶有兴趣地听着，一面心里想，张咏江有两下子！要向他学习！

病房中的战斗气氛传染到甬道，那里也是一片喧哗，双方的声音都用到最高限度。"我就是要管！病房里还能斗人！没听说过！""那就让你见识见识！病房里为什么不能斗人！阶级斗争到处存在！"双方一面嚷着，一面走进病房来。走在前面的是小丁，她气得脸儿通红，一直奔向还在摆着演说架势的张咏江，向他喝道："这是病房！你们知道不知道！你们出去！"霍姐紧跟在后面，也满脸通红，大声喝道："你们尽管斗！病房不是世外桃源，决不能逃避阶级斗争！"

"我们不出去！""我们要把牛鬼蛇神斗倒斗垮！"那几个人同时叫嚷。施庆平的声音特别显著，突出在这一团闹嚷上面。

小魏实在忍不住了，向前迈了一步，提高声音说："你们把我娘吓坏了，这里不止一个病人，你们要考虑！"

"解放军应该支左嘛，"张咏江平静地说，"现在我把受害人齐永寿的绝命书念一遍！"

一听到齐永寿的名字，齐大嫂倏地坐了起来，灰黑的脸透出煞白的颜色。她叫道："你说谁？谁自杀了？！"张咏江不解地望着她。等弄清这就是齐永寿的母亲时，不觉心头暗喜，这真是机缘凑巧，冤有头，债有主，让她们在病房里斗吧！他关切地一字一字地在齐大嫂耳边念那绝命书，那其实就是齐永寿的批判稿。上面有"我想自杀"的话。齐大嫂一面听一面大声呻吟，后来索性哭叫着"疼死我了"！满床翻滚起来，几个护士都不知如何是好，霍姐自己嘟囔着："早知本主儿在，不该让他们进来！"等"绝命书"念完，施庆平等又喊起口号。病房里杀气腾腾。

车声隆隆，愈来愈近。在一片吵嚷声中，梅菩提躺在平车上被推了进来。她面色苍白，双目紧闭。似乎她只剩下任人切割的躯壳，灵魂么，已飘向无边的安宁了。

乱哄哄的病室忽然静了下来，齐大嫂止了哭。她扶着床栏杆走到平车前，两眼直直地盯住菩提。小丁怕她摔倒，又怕她动手，抢上前扶着她。她真的举起了手，室里的人有的幸灾乐祸，有的捏着一把汗。但是她忽然用双手捂住脸，又号啕痛哭起来。小丁扶她躺下,她又大声呼叫"疼死我了,真疼死我了"。魏大娘不觉也哭起来,小丁忙出去准备针药。霍姐走到张咏江身边低声说了几句话。意思是闹得差不多了,可以收场了。张咏江得意地点点头,还想说几句闭幕词,但霍姐皱着眉拉拉他,把他和他的部下送出室外。

大家把菩提安置好了。小丁给齐大嫂打过针,又过来把菩提胸侧插在皮下的引流管打开,放进引流瓶中,摆在床下。都收拾妥当,她走到墙边,伸手去撕大字报。这时霍姐正好送客回来看见,大叫一声:"住手!"她横眉怒目地瞪着小丁:"谁敢撕大字报!大字报是毛主席让贴的!""毛主席没让贴在病房里!"两人争执着,几乎要扭打起来。在混乱中小丁忽然看见方知不知什么时候站在大字报前,怔怔地望着那标题,好像不知道旁边正在吵架。

"方大夫!你说,病房里能贴大字报吗?"小丁问。霍姐抢着说:"你问他干吗?方大夫说话顶什么用!"

"暂且留着吧。"方知出人意料地这样回答,一面向菩提床边走去,"想法子给三床换个房间。"

霍姐胜利地看着小丁,说:"得!我已经够人道主义了,你也讲点原则性吧!"两人像进来时一样,一先一后走了。

菩提正在慢慢醒来，蒙眬中觉得病房里很乱，但没有气力睁开眼睛看一看。她甚至觉得连躺着的气力都没有，这躯壳，真是太沉重了。过了好一阵，她努力而又努力，终于睁开了眼睛。

病房里很安静。她看见方知正站在床边关心地看她，她却看不清他的神情充满了同情、喜悦和诧异，看不清他两眼亮晶晶在闪着光。

一滴热泪滴落在她手上，她也不觉得。她只觉得很平安，遂又闭上了眼睛。

六　方知

方知的热泪因何而落，他自己也不明白。这滴热泪打开了他久已封锁的记忆的闸门，往事波涛般奔腾汹涌，使他那外科医生总是冷静、镇定的眼睛模糊起来。他勉强抑制住自己，照常结束了上午的工作。等他回到宿舍，在那只容一几一榻的斗室中坐下来时，正在脑海中颠簸沉浮的往事，有几个片断清晰地冲到他眼前。

他似乎又回到八九岁的时候，正赤着脚，坐在重庆附近的磐溪边上，看着那滚珠泻玉般跌宕流淌的溪水。溪水冲击到各种各样的大小石头上，溅起了雪样的浪花。他觉得自己的心也随着浪花跳荡。他常常高兴地自己笑着，叫着，拍着手。有一次为了捕捉浪花，竟掉到水里，浑身湿透，被父亲着实打了一顿。他自幼没有母亲，父亲在生活的压迫下，对他很是粗暴。他便把磐溪当作朋友了。他能沉思地在溪边和溪水石头一玩半天，有时误了干活，父亲找将来，免不了劈头盖脸给几下子，吼叫着："你个娃儿图清闲吗？照照看可有这个命！"

父亲在磐溪附近一所由下江迁来的艺术学校里当校工，比一般农民生活好多了。但是方知母亲病、死时欠的债，成为老方颈上的一具枷锁。学校里的老师常说方知很有点读书人的气质，将来应该尽力供他上大学。老方听听也很高兴，但总是很快就清醒地说："读啥子大学哟！还清债，稳稳当当、清清白白做人就不容易！"

方知看见学校的师生常画磐溪，飞流巨石，很是好看，但总觉得水和石都不活。"水和石都该是活的呀。"他自己思忖。他也捡些废纸笔去画，遇见人，就把纸笔藏在大石头下。有一次，他真觉得水和石都活了。水轰响着从他自己身上流过，石头就像磐溪中的每一块石头一样，各自会说出不同的故事。他把画儿摆在石头上，自己往后退，想站远些看。忽然一只手抓住他的肩膀，狠命地摇，父亲喝叫道："你还要学那些艺术先生！你个娃儿生辰八字没有摆好嘛！啷个有那个命哟！"接着一顿撕扯，于是刚在方知小小的心里活起来的水和石，纷纷落在溪中，随着水流，在石头旁边旋转，旋转，渐渐漂远了。

若不是解放，方知真不知道自己会不会活下来。可居然有这一天，方知上了工农速成中学。居然有这一天，他考上了全省最好的医学院。

记忆中显示了父亲的病榻。他坐在榻前矮凳上，父亲用枯瘦的手抚着他的肩，虽然他那时已经大到不需要这样的抚爱了。父亲面带微笑，喃喃说道："我老汉的儿子做了医生，医生是救命的哟！——共产党重新安排过生辰八字！共产党是救命的哟！医生是救命的哟！妙手回春，长生不老……"老汉就在"妙手回春、长生不老"的低语中，平静地、心满意足地死去了。方知在悲痛中还觉安慰，因为父亲毕竟活到了解放，知道世界可以完全是另一个样子，知道党的温暖渗入心田的甘美滋味；知道儿子并非孤苦伶仃，而是有比父母高强万倍的共产党提携指引。

但方知入党并不顺利，他孤僻，沉默寡言，每学期小组评语上总写着"政治上不开展"。他在毕业前夕才被批准入党。他诚心地想到西藏去，把别人带给自己的伟大力量去带给更多的人。宣布分配时，他听见自己分在北京著名的Z医院，简直不相信这是真事。北京！这是多么美好而神圣的两个字！他居然能踏上北京的土地？他能亲眼看见在照片上见过多次的红墙黄瓦的古建筑？那里面住着毛主席！毛主席同时也住在亿万中国人民心中。从一九四九年起，方知那充满美好憧憬的少年内心深处，便已献给毛主席居住了。他工作后，业务进步很快，政治生命却是意想不到的短促。一九五七年夏天，他该转正，但是当时"反右"斗争如火如荼，一切正常的组织工作都停顿了。每个人都要接受考验，好根据表现处理。到了一九五七年冬天，方知参加了最后一次支部会。

那是一个寒冷的冬日的夜晚，天很阴沉，在酝酿着一场大雪。那次支部会讨论三个人的转正问题，一个立场坚定，按期转正。就是虽然在年底讨论，党龄还从本来该转正时算起。另一个表现一般，准予转正，党龄从讨论通过时算起。还有一个就是方知，取消了预备党员的资格，原因是同情"右派"。

方知在开会前，已经知道这一处理。但他总难相信，就像当初很久不能相信会到北京工作一样，他无论如何不能想象自己会被排除在党的队伍之外。在他感觉中，他和党的关系就如同胎儿和母亲的关系。他在母亲腹内，有的只是安全、幸福。他和母亲是一体的。他看到许多人只因言论而成为罪犯，或劳改，或还乡，心中很觉不忍，便向支部书记老吴汇报思想，还说某些"右派"想法他也有的，只不过没有说出来罢了。老吴是个小个子的山东人，当时黑脸膛上布满了惊异之色，好几次欲言又止。后来也和方知谈过几次话，终于在支部会上宣读了关系着方知一生的决定。

方知听到宣读的朗朗的声音，看到大家纷纷举手，知道自己再也没有必要，也没有权利留在这里。等支书表示这一项目进行完毕，便离开了会议室。他没想到支书跑出来追他，又是欲言又止，大概不知怎样说才合乎原则吧，他连说了好几个"你，你——"后来还是什么也没有说，只重重地握了握方知的手，便回去开会了。他进门时，方知看到房间里一片淡淡的白烟，烟味儿直飘到走廊上。

次日他正逢休息，绝早便上了香山。冬日的香山十分静寂，松树林在寒冷的阴霾中绿得格外清新。他在树丛中毫无目的地穿来穿去，脑子里、胸腔中都像塞进了乱糟糟的什么东西，闷得难受。"……显系立场问题，为维护党的纯洁性……"他仿佛又听见宣读决定的声音，而那乱蓬蓬的枯树枝就是表示赞同的举起的手臂。他真诚地相信自己错了，但他又觉得，如果再遇到同样情况，他还会同情划为"右派"的"同志"，还会汇报思想，还会犯错误。"知道错误而不能改正，怎么办呢？"方知痛苦地想，他平素对人难得开口，却有自言自语的习惯。这时忍不住对着这冷落的山，瘦削的树，叫出一声："怎么办呢？"随着他这一声叫嚷，枯树上飞起几只乌鸦。"哇——"它们一面回答，一面在天空中盘旋，随即向着灰暗的天空飞去了。

方知仍在乱走。他经过昭庙的高墙，踏着枯枝败叶，向没有路的黄栌林中穿过去。忽见一处小小的空地，有几个树桩。一个大树墩上端端正正摆着一本书，上面压着一块石头，石头上又用石块压着一张字条，写着："大毒草！把你天葬！"

已经是准备天葬的东西，似乎不应触动，但方知未加思索，下意识地把书抽出来翻看。那书边角已经卷皱，纸页也已破损，但灰蓝两色的封面却还光洁如新，显然原来是包着书皮的。方知定睛看时，见封面上用简单的线条勾勒出一块峭壁般的大石，旁边是三个草体字：三生石。

方知很少读小说，更从不知有这本书。他只是下意识地翻着。翻着翻着，不觉就在这天葬场，坐在一块破砖上，把这书从头到尾读了一遍。

他是怎样地激动呵。他哭，他笑，他觉得一缕甘泉流过了他那闷得发痛的心，七孔玲珑，个个通畅。他那卷折的灵魂，经过浸润，打开了，舒展了。这书写的只是一个爱情故事，但却告诉他，不管处于何等无告的绝望中，生活也是美的。人，总是有希望的。他当然不相信那富于浪漫色彩的描写，但却十分同意：人，永远不能失去希望和信心。人，应该是坚强的。

他很想把书拿走，但是他直觉地感到，书主人也是热爱这本书的，也许会后悔，会回来取吧？他踌躇再三，便把书仍照原样摆好，离开了。

方知在斗室中慢慢地努力关上记忆的闸门，生活是多么奇特呵，他想。他从未料到他能到北京来住在毛主席身边，而又在这里中止了政治生命。他从未料到会在香山上读到《三生石》这本书，而在十年以后，在一间癌症病房里，会遇到这本书的作者，并为她做了手术。她可知道，她也为他做过手术，从而使他对生活充满了希望？

让大字报留着吧，好有更多的人知道《三生石》的作者是谁。可是她究竟是怎样的人？她似乎既亲近，又遥远；既熟悉，又陌生……

方知站起身时，发现已差几分钟便到上班时间了。他匆匆开门出去，劈面看见辛声达正站在门口，望着他的房门。

"好在我没有自言自语。"方知想，只管向病房走去。

"方大夫！"辛大夫叫了一声，抢前几步，哑涩的声音有些发腻，"方大夫！有点事咱们谈谈好吗？"

方知没有想到辛声达有事找他。运动开始不久，他们就分属两派，处于对立地位。其实他们并不势均力敌，辛大夫是他那一派红缨战斗团的头目之一，夺权后又代理外科主任，在医院里也算得响当当的人物。方知因为看不惯他们的"专政"才倾向另一派五井公社。五井公社为了表现富有革命造反精神，也时常有返回中古时代的行动，方知也不赞成。他只好每天默默地做着手术，包揽了别人扔下的一切。这时辛大夫凑近来，又笑问道："谈谈行吗？"他意思想到方知屋里去。

方知默然引他到甬道尽头，在窗前站定，仍不说话。

"你虽然言语不多，可是个有头脑的人。就打开窗户说亮话吧。"辛大夫当然是有魄力的，"我想请你帮个忙。有个学生自杀了，你出一张证明书，证明是自杀，再到会上发个言。可不是控诉那女病人，她算老几！要控诉修正主义文艺、卫生黑线，稿子有人写的。只这么一点事，代价是我们确保你的安全。"

"你自己办不是更有力吗？"方知仍是冷静地说。他知道辛大夫已经多次开过这样的证明了。

"不、不。当然你讲有力，因为你在人心目中是比较客观的。而且你很需要保护，你得出点力，不然我们保护你，群众也不服。"

方知不懂他说的什么，但感觉得出，他和梅菩提，都已在一个撒开的网里了，这网尚未收紧。"何不了解一下呢？"他稍一转念，遂问道："尸首在哪里？去看看。"

"已经火化了。"辛大夫仍笑道，"昨天跳楼的。"

这其实也在意料中，但方知顿觉怒气填膺，心几乎要炸开了。这竟是刽子手横行的世界！害死了人，销尸灭迹，还要指控好人为刽子手！其实梅菩提也在被谋杀。手术不彻底，内乳淋巴结没有取出，复发的可能性要大得多。为什么要平白地诬陷她，谋害她呢？她把那样坚贞美好的精神送给了读者。而且像她和已变为骨灰的"自杀者",还不知有多少!

方知那全无血色的脸通红了。慢慢地,红色褪了下去,他把辛大夫瞪了一会儿,冷冷地说:"恕不奉陪。"便转身走了。

辛大夫唇边浮出了冷笑。

方知匆忙地赶到门诊手术室,做了几个小手术。他觉得出奇的累,又见另有两位大夫在这儿,遂向护士说了声,径自到病房来。他从医务人员专用的楼梯上去,一进门,就见崔力迎了上来。

"我正等方大夫。"崔力仍带着那畏怯的神情,细长的眼睛稍稍低垂,"妈妈能出院了吗?她急得很,要参加运动。我——这病房太乱了。"她勉强一笑,脸上堆满惶惑的神色。

"崔珍。"方知敏捷地把这病人的情况想了一遍:直肠癌,癌肿1×2厘米;手术后二十天,情况还好,——会阴部的伤口还没有完全愈合。

"再等两天。"方知回答。

"两天行了?"崔力抬起眼睛,"方大夫,我们都信你,你整天接触痛苦、死亡,你是好人。"崔力似乎有着说不出的痛苦,不是医生所能解脱的痛苦。

方知不懂她何以这样说,只同情地看她,点点头。这时有几个护士问他事,他便在护士桌边坐下,

157

处理。

等他有时间进308病室时,已经开了晚饭。每个病床边都有一个亲人伺候,只有梅菩提床边,孤零零竖着输液瓶架,吊着无人照看的输液瓶。菩提则还是闭目躺着,显得很平静。

方知先向齐大嫂床前走去。齐大嫂还躺着呻吟,老齐红着眼圈坐在她脚头,看样子已经开导她半天了。老齐见方知过来,忙站起来握住他伸过来的手,低声说:"换房间要是麻烦,就算了,她不认得几个字。我记得我们孩子前好几年就看过那本书,他说他喜欢着呐,若是那书的毛病,"他向墙壁点点头,"怎么前两年不自杀,单等这乱世?昨天我去他们学校了,没见着他。拉走了。不等尸亲。——就不用说了。"他掏出一块脏手绢擦着鼻子。

"劝劝你老伴想开些。"方知想不出别的话。

"我还得去问他们系里的头儿,好些人说是武斗来着,把孩子推下楼的。"他似乎在自言自语。

方知转身看着菩提。小魏报告道,她下午吐了两回,他打了粥,她不吃。方知果然看见床头几上有一碗粥。一种温暖的心情油然而生,他知道那输液瓶其实也有人照看的。

果然崔力报告说:"又加过一回药了。"崔珍瞪了她一眼，似乎嗔着她多话。

这时菩提听着大家的话，已经睁开眼睛。她很想戴上眼镜看看这曾是十分亲爱的世界，但是拿到眼镜谈何容易。她觉得右胸里好像开着自来水管，水在身体内乱流；起初她以为是输液的针头没有扎进血管，后来慢慢觉出来，那针头是扎在脚上。乱流着的，大概是淋巴液吧。她略一转侧水就流到左边来了。"如果这水带有癌细胞的话，就传染到左边了。"菩提暗想。"但是不会的。癌细胞再没有藏身之处了。"

"还好吧？"方知那低沉的声音听来十分淳厚。他轻按菩提的手腕，数着脉搏。

"很好。"菩提居然说出话来，还努力做出了一个微笑。

"已经很疼了吗？可以打止疼针。"

"不很疼，不要打。但是很紧，勒得像穿上了铁背心。"菩提慢慢用力说，"拆绷带以后会好的，是吗？"

"需要时间。"方知知道拆了绷带也不会好，只有时间是治愈一切伤口的妙药。

"还像开了自来水管。"菩提又闭上眼睛。

"开自来水管？"方知不觉微微一笑，"这倒从没听说。——脉搏好的。你吃点东西吧？"

"不。"

"应该吃。就当是吃药吧。"方知把床头摇高，拿起碗来，转脸看着崔力，希望她自动来接过碗去。可崔力在崔珍严厉的目光下踌躇着，崔珍马上宣称要散步，拉着女儿走了。

"我来喂你。好吗？"方知只好索性坐在床边凳上。

菩提感激地看了方知一眼，不忍拂这好医生的好意，便点点头。

方知一匙一匙给她吃粥，她闭目慢慢地吞咽。方知几乎从未认真看过哪一个女子的脸，虽然他常在她们的躯体上动刀。他觉得她们的脸除非胖瘦特别显著，看上去都差不多。现在不觉仔细端详眼前的这张脸儿。他见这脸儿稍尖，但不瘦，很丰腴，皮色并不白净，有些发黄，但很细腻，给人透明的感觉。眉儿细长，闭着的眼睛弯弯的，嘴边停留着一个笑靥。它给菩提极为书卷气的脸添了几分妩媚，使得这张脸除聪明外，还有些爱娇。虽然年华消逝，那妩媚却随着知识、阅历而显得更深沉了。"这样看人，真不礼貌。"方知猛省地想，仍禁不住再看一眼，适逢菩提开眸看他。这神情，也是又似陌生，又似熟悉。是在哪里见过么？方知惘然若失，不觉怔住了。

"谢谢你，方大夫。"菩提吃了约小半碗粥，摇了摇头。方知还没来得及放下碗，忽听见霍姐一声嚷叫：

"你在这儿！你倒有闲工夫！"霍姐发现方知在这里喂粥，立即冲进来，一把抓住，"那边病人都休克了，快去！"她把粥碗劈手夺过，塞给正站在魏大娘床脚的小魏，"他这不闲着吗，叫他喂！"一阵旋风似的把方知卷走了。

方知只来得及看见菩提还在看他，目光里似乎充满了迷惘和悲伤。

"还有魏大娘的情况，没来得及问。小魏站在这里，是有事吧。"方知想着，但他不打算和霍姐进行武力抗争，脚不点地地跟着走了。

"说真个的，今儿晚上谁陪她呢。"老齐关心地说。

房间里沉默了半晌。小魏哑声说："我要陪我娘。梅老师我也照看。"病友们都知道，魏大娘情况不好，辛大夫下午已表示不能治，竟要赶她出院，经小魏苦苦哀求，才答应再观察几天。

"你操的什么心呀！谁又有陪有靠的！你自个儿还不是孤鬼游魂，没亲没靠老绝户！"齐大嫂大哭起来，"你那什么法院！那法都叫妖魔精怪给嚼吃了！怎么不调查孩子是怎么死的！谁害死的？！我七尺高的大儿子,平白就没了!"她哭着,狠狠地瞪着菩提。

"你轻着点!"老齐着急地说,"你歇着吧。自己病得这样——"

"反正土埋齐肩膀了,怕什么!"齐大嫂还想说,但是剧烈的头痛袭来,她几乎砰的一声栽倒在床上。"没事!"她说,她怕吓着丈夫,可接着就满床打起滚来。老齐眼泪在眼眶里转,三步两步跑出去找人打麻药。小丁进来打过杜冷丁,又闹了一会才渐渐安静下来。

菩提这时已很清醒,齐大嫂的话听得清楚。她不懂出了什么事,看来齐大嫂是个暴烈性子,这对养病很不好。她一点气力也没有,却很想帮着安慰劝解。一会儿,模糊地感到那一双泪汪汪的眼睛正盯着她。她无法看到眼光中的仇恨,只觉得又纳闷、又别扭。

晚上九点左右,病房掩进一个瘦弱的人影。她头上戴了帽子还系着头巾,身穿一件肥大的旧棉袄。四月份天气,春寒想必料峭。而一九六七年那阵,人人都是不修边幅的。她没有一点声音地走到菩提床前,握住没有绑住的那只手。

菩提看见了她,一缕笑意装在腮边浅窝里。

"你不要说话。"慧韵说,"我知道你一定累极了,难受极了。我来陪你。"她拍拍菩提的手,便去拿脸盆。

"我可以说话。"菩提的确觉得又添了几分精神,"你来,行吗?"

慧韵疲惫地微笑着点头又摇头。点头是说来陪住没问题,摇头还是要菩提别说话。她敏捷地张罗着给菩提盥洗。

这时崔力看着慧韵,轻轻"呀"了一声,病房里的人都有点莫名其妙地看着她,也都有点莫名其妙地看着慧韵。崔珍不认识慧韵,只觉得有点面熟,想来也是Y大学的吧,便问道:"你是梅菩提什么人?"

慧韵和菩提对望了一下,慧韵回答道:"邻居。"连忙出去打水了。

老齐对小魏说:"什么人?好人!我一看一个准!"

崔珍想:"这事应该报告!住院也不能忘记阶级斗争。"很快写了张条子。知识分子么,纸笔是现成的。她把条子交给女儿,还附耳说了几句话,打发女儿走了。

崔力走出医院时,在门灯下看那字条。字条上写的是:"张咏江同志:梅菩提的邻居来陪她,可调查。"署名崔珍两字写得特别大。崔力几下把字条撕碎扔在路旁。夜晚的凉风吹动她额前的短发,她脸上那种惶惑的神情显得更加惶惑。

方知回宿舍前,又到308房间去。在房门口正遇见小魏出来。小魏见方大夫身边没有别人，连忙诉说母亲病情和辛大夫的处理，恳求方知想办法。

"可能真没有办法了。"方知苦笑道。刚才他趁只剩值班护士时，看了魏大娘的片子，是肺癌晚期，辛大夫的出发点不够科学，但他达到了正确的结论。对于癌来说，宣布为不治，很容易是正确的。"我们真不配做医生，可是又不得不做。"真的，在癌症面前，医生是多么无能呵。他又想起菩提的手术，不觉长叹。

"我看过你母亲的片子，"他总还该有点用吧，至少要安慰这年轻人，"要减少她的痛苦才好。"

"我娘不怕痛苦。"小魏说。

方知没有答话。他们进房时，病人都已睡了，只有一个壁灯亮着。魏大娘显然已经比上午衰弱得多了，她呼吸很重，眼睛也懒得睁了，但她知道方知在给她听诊，仍用力说："方大夫还没有歇歇儿？我么，百不咋的。"

方知简直想抱住大娘，向她承认医生都是白痴。她这时已经疼痛得很了，可她一声不吭，还是"百不咋的"。医生，一个努力做到负责的医生，能做到的也不过是开几种临时治标的药，安慰几句。

二床边的干瘦小老太太是谁呢？她在黯淡的灯光下端坐，织着什么东西，分明是要坐以待旦了。

"你是——?"方知踌躇地问。

"邻居。"慧韵不想回答地回答。她抬眼看见方知穿着白大褂,毫无血色的脸上镇定的目光和极其善良的神情,忽然直觉地认出了他,"你是好医生方大夫。"

方知勉强地颔首微笑。

"她已服过安眠药睡了。我陪她,好吗?"

"好的。"方知说。在他充满了各种问题的一天里,这可以说是第一件自然解决的事。看来这瘦弱的老妇和病人的交情不比寻常。《三生石》的作者,应该有这样丰富的感情的联系。"方知暗自思忖。

"她可能还会吐。"他向慧韵说,但他直觉地感到他不必嘱托什么,这位上了年纪的女同志显然比陌生的医生懂得多。

他平静地走出了病房。

七 夜遇

夜深了,火车隆隆声清楚地近来又远去。慧韵不时小心地扶正菩提的脚，以使输液畅通。她十分疲倦，但不敢闭一下眼睛。她认为自己除了看护，还有保卫的责任。凭借走廊里黯淡的灯光，可以依稀辨认病室内的轮廓。大字报上的红叉十分狰狞，使得安静的病室有一种不安的气氛，仿佛在酝酿着什么杀机。

"老齐！老齐！"齐大嫂忽然叫起来，没人答应。慧韵转过身去，见原坐在三床床脚的老齐不知哪里去了。

"老齐！老齐！"齐大嫂又急促地叫着。慧韵忙起身看她。她看见了慧韵，那被痛苦折磨得有些异样的脸上露出憎恶的神情。

"我去找他！"慧韵想。她刚迈步，又迟疑了。菩提静静地躺着，输液瓶静静地挂着，如果谁向瓶里扔点什么，后果是不堪设想的。恰巧小魏也不在。怎么办呢？凭着一贯先人后己的习惯，她没有犹疑多久，很快决定了："大嫂您瞧着点儿，我去找。"她的口气充满了信任。正在翻来覆去的齐大嫂忽然静下来，认真地看着那瓶子。

她快步走出病室。护士桌上的灯很暗。值班室里空空如也。她仔细看了大厅里的每一个沙发，没有人；阳台上也只有迷茫的夜色。"哪儿去了？"慧韵暗忖。她在甬道里来回走了两遍，在一端尽头处听见有人呻吟。

那是放扫帚之类的一个凹处。老齐正蹲着,两手捂着脸,发出呜呜的声音。那声音是这样痛苦和绝望,使得慧韵的心揪紧了。

"老齐!"慧韵停了一下,忙上前去,"你病了吗?"

老齐抬起满是泪痕的脸,他是在抽泣。

慧韵知道"儿子"的分量,大眼睛也湿润了。她关切地扶起老齐:"齐大嫂找你。"老齐那干瘦的身躯靠在慧韵手臂上,竟是这样重。但他马上站直了,用手掌狠狠擦着脸,随着慧韵慢慢走回房间。

"您也累了。"进门后,老齐低声说。

这话等于说"谢谢",本可以不答,但慧韵答了,声音相当高:"因为她是好人。"她看着人仍在安静睡着的菩提,忽然害怕起来,伸手按住菩提的手腕,见一切正常,才放心坐下。

第二天,梅菩提感觉生命在一点点地回到躯壳之内,就像那输液瓶里一滴滴药水落进来一样。下午停止输液,第三天拔掉了引流皮管。每少一根管子就多几分自由,可以慢慢动一动了。躺着不能动,真是可怕的经验呵。腰疼得像要断了,胸部紧紧地勒住,好像有一圈看不见的火焰火辣辣地烧着。地狱的刑具叫能有这种铁背心和铁腰带吧。然而毕竟是一天天好起来了。

第四天清晨,慧韵照例在别人开始活动之前,代菩提梳洗完毕。她把枕头拍松,被子拉平,站在床前,看着没有任何附加物的菩提,满心欢喜。

"现在你和床,都清爽干净。"她轻声说。

"我想戴上眼镜。"菩提眯细眼睛,想看清慧韵的神色。

慧韵有些踌躇,她知道菩提戴上眼镜一定会看见对面墙上的大字报,而那是越晚看见越好。"过一天再戴吧。你会累的。"

"不累。我很想看看周围的一切,只看一看。"菩提兴致很好,她早已看见对面墙上贴着大字报,只是看不清内容。

"你要注意不能生气。"慧韵知道瞒是瞒不住的,"那不过是一张纸罢了,胡说八道,当不得真。还有她,"她看了齐大嫂一眼,"她真惨,你不要介意。"她踌躇着,终于把眼镜递给菩提。

菩提一手把眼镜举在眼前,仔细地看着,心中漾起又温暖又奇怪的感觉。这一副白金架无边眼镜,因为它,菩提曾被两个红卫兵在街上叫住训话:"戴眼镜就够臭了,还没边!这是四旧,回去换了!"没有当场砸破，菩提已感激不尽。那时要换一副眼镜谈何容易，菩提只好提心吊胆地戴着。通过它，看见父亲的死，自己的病，看见整个国家的癌肿在长大，脓血到处污染。"我又戴上你了，我又看见世界了，可是现在我的目光，会怎样看待人生呢？"菩提暗自思忖，把眼镜放在胸前，用被单擦擦镜片，便戴上了。

她最先看到了慧韵脸上疲倦的神色，深深的疲倦填满在她脸上深深的皱折里。她二夜不曾交睫，在精神毫无支援、体力极端劳累的情况下，只有中国妇女具有的柔软到极点又坚韧到极点的一种特殊精神支持她坚持下来。她又在做出一个笑容，但没有成功，反露出满脸惶惑。她站在床脚，想挡住菩提的视线。

菩提很快看见了那要她偿命的大字标题，"又是一个！"她想起齐永寿永远弄不清了的遭遇，心中有些惨然。至于要她偿命，她倒不觉得奇怪，批斗会上便有过类似的提法，只是那时没有具体牺牲品，只说了"精神枪杀"等等的话。菩提很冷静地想起自己许多次检讨，现在经过几个月的"文化大革命"，面对一张索命的大字报，她才明白自己的无辜。——至于性命么，随它去罢。

她接着便看见了齐大嫂盯着她的眼光，眼光中有仇恨、悲痛和迷惑。她显然就是齐永寿的母亲了。菩提浑身一震，创口要裂开来似的疼痛。这是多么明白、多么能克制自己的母亲呵！她想问："你相信吗？"但她什么也没说。她想："若是齐大嫂相信，就让她打好了，让她骂好了，让她用刀在我身上割出血来好了！只要能减轻她心上的痛苦！"但是齐大嫂并没有任何动作，只不眨眼地盯着她。

她勉强对慧韵微笑。慧韵那枯皱的小脸充满了焦虑和担心。她俯身说："要勇敢！"

"你放心，我会做到洒脱。"菩提觉得一阵头晕，连忙催促慧韵快走，晚上千万不要再来。

"你一步步都打赢了，你要坚持打赢。"慧韵嘱咐道。她当然不放心，但在三个漫长的夜里，她感觉到老齐夫妇是不会伤害别人的。

这时崔力不知何时已经在崔珍床前坐着。她不停地往菩提病床这边看，特别盯住慧韵看，眼睛都不眨一下。这本来极不礼貌的瞪视，因她脸上那种迷惘而又畏怯的神情而变了样，显得像是在祈求什么，探索什么。

慧韵觉得很不安，心想这女孩儿莫非有什么任务，最好是不去理她。等看着菩提安稳闭目而睡，便连忙把头巾系系好，拿起提包，悄然走了。崔力的目光直送她到门外。

十点钟左右，病房里进行一次总查房。正常时总查房一周一次，由科主任和各副主任一起参加。现在这些人都有各种各样的罪名靠边站了。有的隔离审查，有的打扫厕所，有的安排了别的活路。所谓总查房，根本不能按时进行，便查也是名存实亡，不过几个人走走过场。这天到308病房来的一串人，菩提便怀疑其中究竟有几个真正的医生。这队人由辛声达率领，霍姐、小丁都在里面，最后是方知。

小魏讷讷地要求治疗，辛大夫冷冷地不搭理。方知则把那晚值班时开的药提出，蒙辛大夫慷慨批准，便是正式医嘱，而不是值班大夫的临时处理了，这可以保证大娘用药。大娘这几天都很少睁眼，也很少剧烈的咳嗽。这时许多人在床边，她也不觉得。

对菩提的检查更只是形式。辛大夫随便问了几句话，好像他根本没有参加手术，完全是上级医生的口气。方知都认真地回答了。菩提心中暗暗纳闷，这人的声音和两次手术时听到的怎么这样像。

齐大嫂不等这行人众到她床边，便大声嚷嚷："昨天告诉我说要动第三回刀，我不给你们切着玩儿了。大不了一个死！我正想死呐！"

"你倒看得开呵！"霍姐带笑说。

辛大夫回头检查了一下队伍，那位管头颈的大夫根本不在,便也不理齐大嫂,对霍姐说:"劝劝她接受手术。四床怎么样?"

崔珍照例不在病房,到休息厅走廊上晒太阳去了。辛大夫也不想深究,随口问:"她该出院了吧?"

"她有些发烧,还得观察。"方知回答。崔珍手术后一直没有发烧,从菩提手术后第二天起,倒发起烧来,每天三十七度半,原因不明。

辛大夫不知听见没有,自管看看表,喃喃地说:"真!我还有个会,咱们快点儿。"便引着一行人到别的病房去了。他们没有一个人看一眼那赫然张贴在墙上的大字报,连辛大夫在内。

他们刚走,崔珍进来了。她遗憾地说:"都走了?我想问问辛大夫我为什么发烧。"

"你倒信辛大夫。"齐大嫂好几天不怎么说话,这时挑衅地说,"他要能知道你为什么发烧,我把我的齐字倒着写。"

"我信毛泽东思想。我信革命能解决一切问题!"崔珍惨白的脸色由于义愤泛红了,"这医院数辛大夫最革命!卫生战线上也有名的,不信他信谁!"

"我信方大夫。"齐大嫂不肯相让,"方大夫是好人,老实正派,你是多亏他做的手术。上回我住院,直肠手术以后,有人肚肠子还跑出来哪!"她说着哭起来,"要是方大夫证明我们孩子是自杀,我就信!"

崔珍不等她说完,满脸鄙夷的神色:"好人?正派?又是人性论!"说着哗啦哗啦翻她的那几本书和小报。

菩提很想问她,从生物学角度看,人和动物的不同何在。但她知道自己的处境是不便说话的。病人也分成两派了,多么奇怪。她真疲倦,好像怎么睡也无法排除这倦意。不过还是睡吧,多睡睡就好了——

又睡了好几天,菩提已经能在走廊里走来走去了。第十天,方大夫叫她到治疗室拆线。纱布一层层解开了,终于看到自己胸前一尺多长红艳艳的疤痕和深陷的肩窝。一阵感伤把她裹住了,她忙合眸片刻,镜片后又出现两道弯弯的好看的弧线。方知一面敏捷地剪断线结,抽去线头,一面找出几句话来说:

"治疗癌症的前途应该是化学疗法。外科治疗是没有办法的办法。"

"不要紧的。"菩提向她一笑,"割掉倒彻底。"

"你还需要放疗,照射钴60,杀死漏网癌细胞。"

"该怎样做就做吧。"菩提还是那句话。

方知想告诉她没有取出内乳淋巴结,踌躇着没有开口。菩提以为他动了刀而不安,遂安慰地笑说:"割了好。我只是有些伤感——"

"什么是伤感呢？"方知也微笑了。

"伤感是一种小资产阶级情调。淡淡的、有点儿酸不溜丢，叫人想哭，可绝流不下眼泪来。"菩提仍带着笑，口气很轻快。方知的手却颤抖了，不得不把持着的剪子在空中举了片刻。

根据方知的习惯，每次手术拆线后，都要向病人或家属说清手术情况，术后治疗方案，应注意事项。他抽去第四十二个线头后，在伤口上贴上了一层纱布，却还决不定应否向菩提说明手术不彻底。

他请菩提坐在桌边，咳了一声。菩提的神色平静而开朗，她含笑望着方知，似乎鼓励他说出来。方知又咳了一声，终于说明了手术情况，原因则只说了她血压急剧下降一项，强调了放射和药物能够消灭隐患，并说明她所患的腺癌，是癌中较温和的一种。

菩提认真地听着，她一点也不惊异害怕。对于任何事情她都有足够的心理准备。而且有这位方大夫，他会安排好一切的。"我信你，方大夫。"她还是这句话，"一切都交托给你，方大夫。"

"好，好了。"方知在病历上写字，没有抬头。

菩提走到病房门口，见屋里一片混乱，正要把魏大娘连床推到单间去。小魏和一个护士推床，霍姐举着输液瓶。床推到门口，魏大娘忽然睁开眼睛，用力说:"干啥哩?麻烦啥哩?二愣子,你请假太多了呀——"小魏轻声叫了声娘,用手背擦着眼睛。魏大娘模糊看见菩提站在门旁,又说:"梅老师可以满地走了,好人好报。我么,——百不咋的。"她的话说得很慢,一面说着,床已经推出门来,向甬道另一头推去了。那里有一个小单间,是通向死亡的一站。

菩提深深地叹息。这间房里,每个人都在经历着怎样激烈的生死搏斗呵。她暂时胜利了。魏大娘却要离去了。房间里很空,她便站在窗前,无心地看着楼下那几株花木。迎春已经要谢了,丁香正在盛开,白的、紫的小花朵,各自组成一片明艳的色彩。魏大娘喜欢的海棠花正透出嫩红的花苞。老百姓是很喜欢花的,菩提到农村劳动时,深深感到这一点。房前屋后、茄子豆角之间,无不夹种了月季、蜀葵之类,也有种菊花、芍药的。他们需要花朵的颜色来点染艰辛的生活。人们常用花朵比喻女性的美,其实妇女,尤其是中国妇女,更尤其是中国农村妇女,千百年来蕴藏着的极温柔又极坚韧的忍耐美德,是任何花都比拟不了的。一个家庭里,总是大家已入梦乡,那母亲还在挑灯缝补一家人的衣裳鞋袜;大家还未起床,她又在张罗一家人包括猪鸡猫狗的饭食。饭不够吃,总是她最先挨饿;衣不够穿,总是她最先受冻。她做派饭,绱军鞋,送别丈夫,贡献儿子。她忍受着各种各样惊人的痛苦,而她总微笑地说:"百不咋的!"

菩提看着那嫩红的海棠花苞,默默地想着,——而就在这样伟大的中国妇女中,出现了一个败类!一个祸国殃民的败类!

菩提想到这里,不由得又吃一惊。她连忙向崔珍那边看,看她是否知道自己在想什么。正好崔珍也在看她,想知道她是否烤电。

"烤的。"

"烤多少?"

"还不知道。"

这时小丁和一位放射医生进来了,通知菩提夜里十二点半到门诊部烤电。因为机器二十四小时使用,白天治疗门诊病人,住院病人只好安排在夜里。放射医生在菩提胸部画上了红线,标出照射范围。菩提看着自己花里胡哨的右胸,不觉又有些怅然。

小丁他们走后,崔珍悻悻然地说:"有些事真奇怪!像你这样的人,倒得了全份儿的治疗。"

菩提知道她又在掌握原则,只慢慢答道:"我这样的人?我至少也是人吧。"

崔珍说:"你只是生物学上的人,实际上是人是鬼你自己知道!干什么都得掌握原则。"

菩提怜悯地看了崔珍一眼，不再说话。怎么世界上竟有这样的人！硬把自己的心照着别人的规定来砍来磨！这是忠诚使然，还是低能的表现？她所谓的原则，不过是少数人的利益罢了。崔珍的身世，其实也很凄凉。女儿不喜欢她的"原则性"，和她关系并不亲密。系里也没有人来看她。她在人间享有的温暖还不如菩提，但她却总是很为自己的"原则性"自豪，经常处于沾沾自喜的境界。

"怎么会形成这样的精神状态呢？"菩提暗想，不由得又看了崔珍一眼。崔珍这几天不大能吃饭，容颜除惨白外更觉干枯憔悴，而在这之间还带着沾沾自喜的神气，看上去实在令人诧异。崔珍见菩提不响，遂又沾沾自喜地教导齐大嫂，叫她明天做第三次手术，要勇敢应战。齐大嫂低声叹息道，早病几年就好了，还能得好大夫治。

"你说的好大夫，就是病理科的吗？"菩提故意问齐大嫂。齐大嫂仍盯了她一眼，扭头不理。

崔珍冷笑了。正好小丁进来，接茬道："那韩大夫是老手艺了。'文化大革命'刚开始，他发配到太平间管死人，后来隔壁病理科缺人，叫他去了。"

这么说，便是那位叫菩提看清正常细胞与癌细胞面目的那位大夫了。姓韩？是老大夫？想着确实有些面熟，不过又怎样呢？菩提头痛起来，自己慢慢躺下睡了。

因为十二点半要烤电，晚来菩提一直不敢睡，一会儿看一次表。好容易到了十二点，她就走出病房。甬道很暗，两边病房静悄悄的。有几处呻吟之声，病人在夜晚也是逃不脱病痛折磨的。她回头望望甬道尽头的小房间，那里很静。"魏大娘怎样了呢？明天一定去看看她。"她想着，下了楼梯，走了几步，觉得两腿发软，只好靠在扶手上歇一会儿，再走。到楼梯拐弯处，忽见一个黑影在黯淡的灯光下走上来，两人打了个照面。菩提的心扑通跳了一下。那人面色黧黑，半边脸上画了个鲜红的方形，一直上楼去了。走到二楼时，又上来一个黑影，他衣领敞开，颈部画了两条红线，若不是菩提认定没有鬼，真会以为是遇见了斩首的游魂。好容易走到楼下，只觉得心慌腿软，便扶着楼梯口的一张长椅，站住了定神。

这时听见推车的隆隆声，病房一边的双扇门开了，只见两个人推出一辆平车来。车上躺着一个白布包裹的东西，而推车的两个人，正是方知和小魏。

魏大娘死了！菩提立刻明白了，赶过去握住小魏的手。俯身要看魏大娘剩下的躯壳，但是一层白布遮住了一切。死去的永不会再回来，像她的母亲、父亲，以及那逝去了的岁月一样，永远不会再回来了。

方知默默望了菩提一眼，便和小魏把平车推往那种着丁香花的院中，穿过院子，便是太平间了。

魏大娘不过五十多岁，若是身体健康，可谓正在壮年，但是她经过各种艰辛痛苦，不得不抛下了她的二愣子，还有海棠花。那个女界败类可能和魏大娘年纪仿佛，她从未做过军鞋派饭，可她活得多起劲，只要随便一句话，便有一批人保不住性命。踏着多少碧血白骨，她爬上了统治人民的宝座，和那一副贼臣模样的副统帅狼狈为奸。革命的结果竟是这样么？多么冤呵！如果魏大娘知道这一点，她是否还会微笑着说"百不咋的"？

"可是魏大娘，这样好心、质朴的魏大娘，是不是绝不会这样想呢？"菩提在放射科门外重重地坐下来苦苦地思索。轮到她时，已是十二点四十了。技师引她走进一个空荡荡的小房间，只有一张窄床，上面有一个大帽子似的机器，形状颇像理发店中的帽状吹风，但是要大得多。菩提躺下来，技师在她胸前红线外铺上铅板，以免伤害好的组织。她想对技师深夜工作表示感谢，但那技师绷着个脸，一点没有搭讪之意。

"你躺好，别动！一分钟就完。"他说着就出去了。

四周十分静寂，到底是深夜了。圆帽形的机器覆罩在身上，好像一个凸出的眼睛，要窥视病人心里的秘密。菩提忽然怕起来。手术室里，刀剪都是听得见的，还有许多人。这里的治疗是看不见的，不知怎么回事就穿透肌骨，而且连墙都特别厚，只能独自应付。"还勇敢，还洒脱呢。"菩提嘲笑自己，努力平静下来。她尚未完全平静，照射已经完了。

"所以内脏的癌最可怕，因为看不见。"菩提想着，向楼梯走去。她远远看见两个人坐在长椅上，绿衣的俯在靠背上，是小魏；白衣的垂着头，是方知。方知觉得有人，便抬起头来。他那镇定深邃的目光，有些呆滞，脸上善良的神情，也仿佛凝结住了。他此时的悲痛不下于小魏，虽然他早知魏大娘的结局。小魏是作为一个儿子在流泪。方知是作为一个医生，一个为人民治病的医生在伤心，因为这人间疾苦，他是治不了的。

"方大夫，你该休息一下。"菩提温和地说，"你太累了。"

"累么？不。"方知每逢遇到不治的病人，总觉得有些歉疚。本来他以为随着时光流逝，歉疚之感也会烟消云散，病人的生死对医生来说是职业上的事，不是情感上的事，这是事实。但他由实习医升为住院医，以后若不是因停止了预备党员资格，几乎升为主治医，他歉然的心情还是没有消失。尤其这一年，提高医疗水平的可能越来越少，近来更简直在厮混。这真使他痛苦。把这样混乱的局面称为革命，究竟为什么呢？

菩提本想上楼去，却不觉坐在方知身旁。三人都沉默不语。

过了一会儿，方知说："梅老师，你上去吧，夜里凉。——我是在想，我们究竟什么时候能战胜癌症。"

小魏倒安慰地说："治得不差，方大夫。想想，还有多少人进不了医院呐。"说了，仍伏在椅背上。

菩提温和地看看方知，缓缓地说："我母亲死时，我哭了好几天，父亲叫我常想想'照灵魂'的游戏，我们三个人常玩的，算是一种游戏吧。那就是照一照你的灵魂是什么样子。是不是配在一个生命里面。我哭得实在没有力气，我觉得灵魂像是断了线的风筝，正向远处飘去，我便把它收回来，整理好。我父亲死时，灵魂像是一蓬乱草，泼上去的污物太多，难得梳理了，但既然照到了，就努力梳理清楚。那天我看见病房里的大字报，我觉得我的灵魂像青天里一缕白云，太不着边际的谎言，反使人明白自己无辜。"

"我可以证实你的书的力量。"方知忽然热切地说，"死亡不是尽头，生命无限美好，我有什么。"方知几乎要讲去香山的经过，但他没有倾吐思想的习惯。他得等人家问"你在哪儿见到那书？""你去过香山吗？"才会回答。说过这两句抽象的话，他觉得有千言万语和着一种感谢的、温柔的感情，在胸中回荡。

夜凉如水。丁香微甜的香气从门外飘进。忽然一阵锣鼓声，到处都有人在跑，在叫。菩提以为出了什么事。小魏也警惕地站起来。方知沉静地说："大概是最新指示。"

菩提回到病房，见到处乱哄哄，护士们都来了，在甬道里穿来穿去。病人们纷纷打听："什么事？"崔珍已拿着纸笔，煞有介事地坐在床上。她的脸惨白到发青的地步，还带着"看我多积极"的神情。她正大声叫齐大嫂起来，齐大嫂不理。这时走廊上一阵跑步声，小丁急匆匆跑进来，一把将齐大嫂拉起。紧跟着几个戴红卫兵箍的医科学生冲了进来，凶神恶煞地站了一屋子，大声嚷嚷："都预备好纸笔，准备记录！"

菩提连忙将已拿在手中的纸笔塞给齐大嫂，不料齐大嫂把它们往地下一扔，也大声说："我不认字，不会记录！"

一个红卫兵发火了，喝道："不记就是反革命！"他抄起手中的皮带就向齐大嫂打去，菩提直觉地扑过去，遮住齐大嫂。齐大嫂吃惊地抱住了她。两人一齐流下了眼泪。

八 勺院

梅菩提出院一个多星期了。这一周来方知总觉得生活里像是少了什么，有些怏然。每天清晨，他穿上白大褂，开过朝会，走过308病室时，总要情不自禁地转脸去看那房门。如今只有齐大嫂一个旧病人了，她后来坚决拒绝了第三次手术，已注定不久于人世了。接班时，他常想问问二床的血相。可总猛然想起，她已经出院了。她做完一个疗程化疗后，白血球只有三千，血小板降到五万，不得不暂停放疗，待出院后继续观察。作为Z医院的住院医生，他的责任已尽。未了的事应由门诊负责，再以后的追踪十年，是随诊组的事了。不过作为一个朋友，他们的联系并没有断。他常在想着她那本鼓舞了他的小书，想着她那"照灵魂"的一席话。纵然她自己的灵魂如青天中一缕白云，这病残的弱女子，又怎样能生存下去呢。

这时已是五月初。春来得晚的北京，花事还未阑珊。"夺权斗争"搞了几个月，已于四月下旬成立了北京市革命委员会，《人民日报》为此发表社论，题为《战无不胜的毛泽东思想的一曲新凯歌》。新上台的已经上台，当然也需要秩序，便特别强调要加强三结合的领导班子，搞好斗批改。"五一"社论中用黑体字提出毛主席的教导："要注意团结一切可以团结的人们。""必须实行马克思所说的，只有解放全人类，才能最后解放无产阶级自己"。还提出不仅要"勇于打击一小撮"，还要"敢于解放一大片"。实际上两派隔阂越来越深，都认定自己革命，对方反动，心里都有一种不平之气，憋着劲儿，要争个你死我活。不是大目标的一般的"牛鬼蛇神"，日子比较好过些了，有人还蒙恩准回到群众中闹革命。

这是一个星期六中午，方知在病房值班。他翻阅着一个小笔记本，那上面记了些手术计划，简单的病历，还有些地址、电话，最后一页上孤零零地写着"Y大学匙园一号。"他已不止一次对着这页纸发呆了。他也曾不止一次到病人家去，为垂危的患者减轻痛苦，为病情反复的患者安排治疗。他也曾不止一次在几秒钟内便作出关系到病人生死的治疗决定。但对着这页纸，他总不能下决心是否去看望那使他特别牵挂的病人。他只好放下本子，随意翻着办公桌上的信件，忽然看见了一封写着"方知大夫亲收"的信。

信是陶慧韵写来的，很简单地询问当时流行的抗癌片的功效，问菩提能否使用，问方知能否代购一些。因为一切务正业而出的成果，一律是资产阶级或修正主义恶果，一切创新都应是非本行产品，于是各种旁门左道的治疗方法应运而生。有许多油印材料宣传抗癌片神效，还有各种健身长寿的歪招。方知从不信抗癌片能治癌，但他十分感谢世上有抗癌片之一说，以致陶老师写了信来。他不必再踌躇思量，再无尽无休地牵挂，到下午五点钟左右，他已经带着抗癌片，站在匙园一号的门前了。

这花瓶式的小门斜对芦苇塘，新生的芦苇绿油油的，不很茂密，露出根部的烂泥。小门旁左右堆着两大堆垃圾，久已无人清理，还有人正在往上倒。总有一天会把这小门堵起来吧。这小门里面会是怎样的情景呢？他仔细读着门旁剥落的门牌号，觉得再不敲门，要惹人疑心了。遂伸手敲门，刚一敲，发现门是虚掩的，便轻轻推开，走了进去。

他最先看到的，便是院中那叠怪石。野生的爬墙虎已为它稀疏地缀上枝叶。翠绿的颜色在挺拔峻峭上添了几分温柔。"这便是三生石了。"方知想道。

石侧有两间小屋。他稍一迟疑，便问道："梅老师在家么？"

"谁？"从浅色花布窗帘后飘出那纤细柔软的声音。

"是方知。"

"哦！方知？"声音充满了惊讶。门开了，梅菩提站在门旁，依然十分娉婷婀娜，但仔细看时，会觉得她总是在半侧着身子。整个的人是歪的。"方大夫！"她含笑伸出手来，"请进。"

"没想到吧？"方知进来，便在门旁一把破椅上坐下，房中也没有空间容他再走几步。

"想到了。你是负责任的医生，人人都知道的。我想到你会来，也许是一种盼望。——我一直惦记着，齐大嫂怎样了？"菩提仍含笑说着，把窗帘拉开，自己在桌前旧藤椅上坐下。

房间里亮多了，方知见菩提脸色已不那样蜡黄，人也精神，心中很觉安慰。

他简单地说了齐大嫂的病况，大概只能拖一两个月了。菩提深深地叹息。他询问了菩提的健康状况，知道第二次烤电后一切正常。他还应该检查伤口，但他想最好有第三者在场，便问："你的好邻居——陶老师在家吗？"

"星期六，清扫厕所呢。陶慧是举世无双的好人。我生病真亏了有她，更幸亏有你，方大夫。"菩提斜身望着窗外，从侧面可以看见她的眼皮在轻轻颤动。

方知忙道："你不要以为我是特别负责的医生，我不是对每个病人都一视同仁的。"

菩提转脸看他，说："我不相信。你差不多是尽量做到这一点的。"包裹着白布的魏大娘在她眼前一闪。"不过如果对我另眼看待，我当然格外感谢。"说着粲然一笑。

"如果你愿意感谢的话，当然也可以的。"方知踌躇道，"我的意思是说我可真不是什么好人，有时简直非常讨厌自己。我离一个真正的医生还差得远。我们都差得远。"

"能觉得自己差得远，就离好人很近了。"

"我小时曾想当个画家，如果不解放，我什么也当不成的。解放那年，我十五岁，得了黑热病，是解放军医生救了我。我便也想做医生救人。等我穿上白大衣，拿着手术刀，我才知道要做一个真正的医生是多么不容易。"方知居然不等人问就一口气说了一大段。

"我也曾想学医的。"菩提蓦然想起逝去的少女时代，有些惘然，"但我更爱文学。谁料得到文学会带来这样大的火难。"

"有成就的医生也同样是反动权威，人人难逃。"方知停了一下，回头看着窗外，忍不住又道，"我一进门，就看见那三生石了。"

"你初次见它，也叫它三生石？"菩提有些诧异。

"难道它不是么？虽然我不常读小说，你这本书这样美，让人不能不读，读了不能不泪下的。"他接着把香山遇书的事一口气说出来。只没有说去香山的原因。

菩提又奇怪又感动："这倒有点像小说。"

"所以我真感谢你们学校的造反派，不然我一辈子也不会认识《三生石》的作者。我看医学以外的书，从来也不注意是谁写的。"

菩提知道他注意了也没有用，因为用的是笔名。"你不信那些批判文章么？还有那索命的大字报？"

"以前有些批判我是信的。"他还相信自己犯了立场错误，"后来——后来也不知道怎么就不信了。倒不一定因为你的书。"

隔壁门响，菩提起身敲敲墙。一会儿，慧韵进来了。她惊喜地叫了一声："方大夫！我知道你会来的。不能握手，刚掏过厕所。"她还是系一条藏青色头巾，连前额都盖住。笑眯眯的，神气和在医院时全不一样。但可以看得出，她是非常累了。

方知却马上拿起慧韵的手，紧紧握了一下："我要请你帮忙，得给梅老师检查伤口。"

两个女子马上明白了方知的用心，知道他不愿单独检查。她们含笑对望，又都肃然看着方知。

菩提的伤口长得很好。方知小心地用左手一个手指轻按刀口旁两处稍高起的地方，那是留下的脂肪。"没事。"他放心地说，"你自己可以常常注意，连对侧也要注意。几年内，机会总是有的。"她们懂得他不愿说出复发两个字。

"时间越长越安全，是吗？"慧韵问。

"可以这样说。"

他们随意谈着话。方知从未想到，在这破旧的小院里，和这两个早已失去青春的女子在一起，会感到这样宁静、满足。准备告辞时，他才想起那等于是一张请帖的抗癌片。便掏出来放在桌上，对慧韵说："这是陶老帅耍的抗癌片——"

慧韵忙笑道："哦，方大夫，这能有用吗？"

"你要的？"菩提看着慧韵，恍然大悟。

"我想没有用。这药是砷——就是砒霜，没有别的成分。"

"砒霜？"慧、菩二人同时反问道。

"是砒霜。可能有人想到以毒攻毒，但事情不会这样简单。药带走了，梅老师却不必吃。"

这是方知的医嘱了。菩提含笑领首，慧韵诡谲地一笑，说："我留着治耗子，这儿耗子太多了。"

方知临走时，慧韵殷勤地邀他下周末再来。他踌躇了一下，答应了。他走出了院门，又回头看，才注意到门旁还有一棵高大的柳树。他觉得树后小院中的一切，都是美好的，都笼罩着一层温柔的诗意。但实际上他除了两个人和一块石，别的什么也没有看见。

一周后，方知果然又来到勺院。这一周间，他曾两次到Y大学来看大字报，每次都徘徊一阵就回去了。他自己也未必知道，他在校园里徘徊是想碰到菩提，虽然知道她决不会出来。他进了勺院，看见小屋檐下，有几棵植物，长着鲜艳的大花，浅紫、娇黄的颜色这样轻柔，花瓣又很薄，如同轻纱一般。菩提在窗内看见他，早开了门，欢迎他进去。见他看花，便解释说："这是草玉兰，是陶慧刚搬来时在垃圾堆上捡的，不想还能开花。"方知奇怪上次怎么不曾看见。

他仍是一步便坐在椅上，随意四顾，见这屋子虽小，却整洁宜人。西墙钉着木板，东墙横放一张床，迎面墙上贴着一张毛主席语录，写的是"既来之则安之"那几句。菩提坐在桌边。桌上有一个粗瓷碗装了半碗墨汁，桌上摆着字帖、纸张，原来正在写大字。

"你在练字？"方知微笑道。

"据说练字可以镇定神经,如果神经可以传递正常信息的话,大概不至于生癌。"

"对了,你看过许多医书。——可以看么?"方知拿起一张字来看,字迹十分娟秀,一望便知是女子的手笔,"我念不断句。"他仍拿着字赏玩。

"这是孙过庭的书谱。"菩提递过字帖来。那是些残破的篇章,经过细心的修补,贴在报纸上,"是我从垃圾堆里捡的。我们都成了捡破烂的了。"菩提不经意地一笑,"可对我很有用。没有书看,我也不能织毛线,无法进行线路斗争。写写字,倒可以练练臂力。"

"也许该给病人规定写字的锻炼吧?"

菩提不答,又递过几张画稿,画的全是竹子。有的墨色淋漓,有的疏淡有致。"你上次说你很喜欢画画?"

"那不过是一种寄托感情的方式。我哪里会画什么。从小在磐溪边长大,只画过石头和溪水。——这竹子很好,我也很喜欢竹子。"

"你是四川人,我第一次见你便知道了。我在重庆待过的。抗战时期,爹爹在那边教书。"

"去过磐溪么?"他想起磐溪里大大小小有的奇特、有的晶莹的石头。

"去过的。"她想说什么,却咽住了。

这时一只瘦弱难看的小狸花猫从门缝里挤进来，在菩提脚边蹭来蹭去。"这也是垃圾堆上捡的。"菩提介绍道，"它想吃东西。"说着开门出去，小猫紧紧跟在脚后。

方知努力驱走记忆中的石头，翻看眼前的画稿。见有一张上写着"未出土时先有节，到凌云处亦无心。"等菩提回来，便说："这两句把竹子的性情说绝了。这也该是做人的座右铭。可我现在简直不知道节在哪里。"

菩提随手在那竹稿上，又添了一株挺直的竹子。"我也不知道。我们总是处于被改造的状态，要相信党，相信组织，改造自己，批判自己。自己都不相信自己，又怎能找到'节'呢？"

"还是相信手术刀好。"

"要是我学了医，至少可以相信自己的听诊器。可现在说党是错的，我也是错的，一切都错，只能相信这个'错'了。"

"只有几个人对！"方知脱口而出。

"实际上是几个人盗用一个人的威望，掌握着几亿人的生死。"菩提还是不经意地笑道。

"他为什么听之任之呢？"方知痛苦地问。

没有人能回答这一点。他们两人说了这话，不觉惊讶地互相看了一眼。在那时,许多人这样想,但绝少人敢说出口来,哪怕是自言自语。每个人的心扉都有一把锁,连自己也不敢窥看。方知和菩提说的话,简直是把性命交在对方手里。这是一九六七年时的情况,几年后,随便两个人在一起时,都会发抒郁闷,说完了会半开玩笑地说:"你要是揭发我,我就说是你说的!"

停了一下,菩提说:"我当初入党时,确实怀着为共产主义事业献身的理想。这理想似乎缥缈,却很实际。我理解为每个人都要活得像人。《白毛女》的典型意义就在此。旧社会把人变成鬼,新社会把鬼变成人。如果我们又把许多无辜的人当成了鬼,还成什么新社会!不过常常得自己被错打了,才明白别人的无辜。"

"有时还不明白。"方知接着讲了"反右"时的遭遇,"人家说我傻,为什么要汇报思想,丢了党籍。我想如果党不要有我这样思想的人,我决不愿混进去。"

菩提定定地看着方知那瘦削、带有菜色的脸,觉得她所了解的方知就应该是这样的,虽然他们认识不过一个多月。

"不过当时我很痛苦,我从没有想到党不要我,我自认天经地义我是属于党的。——那时我也看不到别人的无辜,我总觉得党是不会错的。"

他们的话语像泉水般从心底涌了出来，洗涤着对方和自己涂满尘垢和血痕的灵魂。不知不觉，夕阳的最后一抹光辉在三生石上消失了。菩提猛然说道："对了，我去煮点粥，你在我们这儿吃饭。"慧韵是不让菩提操作的，但她总是不听。

"方便吗？"方知有些手足无措。他们从那温柔的感情世界中掉了下来，落在讨论吃饭问题的现实土地上，但方知觉得勺院的现实土地，也是十分温软。"要做什么，我来吧。你是病人，你指挥。"他随着菩提出出进进，帮着洗米择菜。

慧韵推着车进了门，高兴地招呼方知。见菩提在院中干活，"嗻"了一声，一手还推着自行车，一手把菩提手中的菜夺下来。

"这是指挥官。"菩提对方知笑道，"咱们都听她指挥。"

于是在慧韵指挥下，三人吃过简单的晚饭，便在院中闲坐。慧韵照例坐在她那蓝色小凳上，面前地上放了个大搪瓷杯，一个有缺口的瓷碟，那是她的烟灰缸了。她一支接一支地抽烟，一气一气地喝水。菩提坐在她那把破藤椅上。方知则坐在大石旁一块砖头上，望着院外的柳树。天空不很黑，远处楼房灯火通明，星光显得很黯淡。不时有沉重的脚步从院外走过。

勺院，这沙漠中的一点绿洲，又多了一个迷途的旅人。此后，方知每两三天总要来一次。他每次来后都觉得像是服用了镇定剂，照见自己的灵魂清洁了一些，丰满了一些。他每次来都给菩提增加了生活的力量，给慧韵增强了希望。

有一天晚上，勺院忽然来了一个料想不到的客人。菩提见她站在院中，圆圆的脸上带着迷惘畏怯的神情，很快认出她是崔力。她是来找慧韵的。当时已经快八点了，慧韵还没有回来。菩提遂请她在自己房中坐。

崔力似乎很不安，坐了一会儿，什么话也不说，就趴在桌上哭起来。菩提很是诧异。

"怎么了？冷静些。你妈妈到底怎样了？"菩提第二次问起崔珍的病。

"她？死不了！"崔力呜咽地说，"我——我——"

菩提倒水给她，鼓励地拍拍她的肩。

"我——我和秦革——"崔力泣不成声，"我们本来是朋友，他忽然说他不要我了。我看他是另外有人——"崔力勉强说到这儿，忍不住又哭起来。

原来还有这等事！菩提想，怪不得崔力在医院里时，对慧韵很注意。"秦革现在在哪里？"她急切地问。她知道这是慧韵最关心的。

"在森林学院主楼地下室。他就住在那儿，我原来也住那儿。"崔力满是泪痕的脸上掠过一丝微笑。

"他从没回家,和他妈妈断绝关系了。"

菩提打量着崔力,慢慢地说。

"我——知道。"崔力渐渐平静了,端起水杯一饮而尽,像是好久没喝到水了,"我们当初一条条都比过了。我爸自杀,他妈是反革命,我妈是革命群众,他爸是国民党。他还不如我呢。可他嫌我了。他不理我,准是有别人。"

"他可能专心搞革命。"菩提安慰地说。

"我们从来也没影响革命。"崔力停了一下,说,"他批判家庭,批得可透呢。可我总觉得他牵挂他妈妈,他当然没说过。我在医院里遇见陶慧韵,就总想和她谈谈。我还让我妈晚几天出院,可后来也没遇着陶慧韵。"她一口一个陶慧韵,一点不觉得不自然。

"你怎么'让'妈妈晚出院了?她不是发烧吗?"菩提有些奇怪。

"那是我'让'温度表升高的,"崔力有点得意,"把水银头放在热水袋上,时间别太长。我想和秦革的妈妈聊聊,心里闷得慌。"说着她忽然想起来似的,问道:"哎呀对了,你的病怎样了?"

"还可以吧。"菩提微笑道。她近来总觉得不舒服,说不上来的不舒服。体力恢复到一定阶段,似乎很难再好转了。

"我抄过你的家。你们原来在竹林里的家。你没注意我。我到时候总是往后躲的。我没有狠劲儿,斗争性不强,很难改了。"崔力略带歉意地说。不知她是为抄了菩提的家还是为自己斗争性不强而抱歉。停了一会儿又说,"那晚是张咏江那高胖子叫我们去的。我们学校去了六个人,跟着大学生干。现在一个已经死了,武斗时一刀捅在胸口上,当时死了。一个蹲监狱了,他到处抄家,抄了好几千块,给抓住了。还有两个真的跑了,不知去向。我觉得我们就像给狂风吹得满天飞扬的砂粒,飘飘荡荡不知往哪儿落才好。阿姨,"也不知怎么忽然出现了这有礼貌的称呼,"我倒有点羡慕你得了癌症,可以清静一段时间。"崔力那年轻的声音在发颤,她说的是真心话。

"你可以好好侍奉妈妈,不要出去跑,也可以清静的。"

"她!"崔力撇撇嘴,"她总嫌人家不够革命,也嫌自己不够革命。真不懂我爸怎么讨了这么一个老婆!"

菩提茫然地看着崔力,觉得出奇地累了。可是慧韵还不回来。

崔力又呆了一会儿,看见菩提十分疲倦的样子,便说要走,临走时说:"我以后还来。"

"你母亲知道你来吗?她不会同意吧?"菩提说。

"她!不知道。不让她知道!"崔力又撇撇嘴,细长的眼睛有些笑意,大步走了。她似乎已把烦恼扔在勺院,远不像来时那样激动。

那晚慧韵偏偏回来很晚。菩提独坐灯下,等着告诉她儿子的消息。菩提觉得心里很乱,理不出头绪;又觉得累得像跑了许多路似的。她在屋里来回走了两趟,便靠在床上,昏沉欲睡。

蒙眬中回忆起第一次抄家的情景。有崔力么?不记得了。记得先听见跑步的声音,"打倒梅理庵"的口号震天价响。那些人冲进来时,打头的是一个脸儿白皙红润的漂亮小伙子。他们进到客厅,先把多宝橱上摆的古玩瓷器摔得满地,一对明朝大花瓶在地板上摔不碎,就用另一对龙头方口铜瓶来砸;只听一阵乱响,满屋子立时都是碎片。这是序曲。然后把已经睡下的梅理庵从被窝里生拉硬扭拽到客厅,按头弯腰站好了,就开始焚书的革命行动。因为书太多,他们问老人哪些是他最喜欢的好书,在哪个书柜里,他们想法子给留着。老人哆哆嗦嗦地说出一部真正宋版的《庄子》,这书全世界不过有几部。还有一部《庄子》是他从少年时代就读着的,上面满是他用黑、红、蓝三色笔写的心得。他哆哆嗦嗦说了好些,还希望把全套四部丛刊留下。那些人问完了,把一个大花盆,抬到院中,打开客厅的门,厉声喝道:"梅理庵!你看着!"便把理庵所说的好书哧哧地扯破,转眼就点起一盆火。火苗一冲多高,把院墙照得通红。几个人往火里扔书,别的人到两间卧室里翻箱倒柜,把床单衣服都用剪刀剪成一条条。菩提的小镜台上摆着一瓶香水,是五十年代时有人从法国回来,姑妈托人带来的。菩提从不用这些东西,一直搁着。那脸色红白的英俊小伙子举着那瓶子,骂道:"你们这些资产阶级,真会享福,吸血鬼!"说着把瓶子哐当一声摔破,香水流了一地,满屋子芬芳扑鼻,几个人都深深吸了一口气,说:"还真好闻。"翻来翻去,翻出了梅家的照相册。上面有姑妈一家两张照片,一张在塞纳河畔巴黎圣母院前,一张在他们巴黎的家中。红卫兵们大声叫嚷:"瞧!外国打扮的!那男的是外国人!这屋里可真讲究!你们里通外国啊?好你个老王八蛋!"一手举着照片,一手照老人头上劈劈啪啪便是几掌。等弄清楚这是老人的妹妹一家,便逼着老人自己把照片撕碎,扔在火盆里烧掉。可怜老人平生笃于兄妹之情,常在挂念弱妹飘流海外,怎么下得手撕照片。他伸出手又缩回去,又伸出手,还没有触到照片,眼光看到火盆中燃烧着的碎纸残页，忽然号啕大哭起来。当时菩提抢上前拿起照片，几下撕得粉碎，丢在火中。那红红白白的小伙子登时大怒，喝道："谁叫你替他撕！你耍什么阴谋！"把菩提用力一推，推得她踉跄后退，一下子坐在满是碎瓷片的沙发上。只听刺的一声，裤子破了，鲜血流了下来。

"私藏武器！私藏武器！"又有几个人叫着，抬进几件古代兵器来：有两口宝剑，一支方天画戟，还有些弓、箭之类。这些兵器，大都是朋友所赠，理庵一直用来作为摆设。不料到六十年代的一天，会得到这样的罪名。菩提分辩说那在古代是武器，现在已是文物。红卫兵们根本不听，有一个舞起方天画戟，啪啪几声把客厅里大灯罩、壁灯罩全都打碎。幸亏这时他们大概有些累了，革命豪情不像来时旺盛，战果又已很辉煌。有人下令，在可以贴纸的地方全都贴了封条，开始撤退。那红红白白的小伙子得意洋洋从菩提面前走过，手里举着一个红蓝两色镶珠小皮钱包。

父女二人微薄的生活费和一点后援都在里面。菩提追了两步，厉声叫道："我们还要吃饭！"一个声音嘲笑地说："你撒什么泼！给她扔两毛钱！"于是剩下一片寂静，伴着老人的呜咽。地下的破烂东西直埋到膝边，上面是殷红的血迹。还有一阵烧纸的煳味，掺杂着淡淡的幽香。

她又记起那无休止的参观的人流，在已成为一团破烂的"家"里出出进进，有人索性从窗户里跳进来。也有人排好队，认真地上这一课。爹爹像动物一样随时被叫出来展览，有时还要回答问题，弄不好便是一顿凌辱。到"反动权威"家里参观，是大串连中一个"特权展览"的节目。"真的特权能让你们参观么？"她曾冷笑着想，现在也冷笑着想。渐渐地，人流的脸和地下的破烂混在一起，恍惚中变成了惊涛骇浪的大海。海上颠簸着一只破船，已经到了就要散架的地步，还在风浪里胡乱冲撞。"疯狂！"菩提自己似乎是在离海很远的地方看着，心里暗想。"掌舵的人在哪里？喝醉了吗？"只见一股旋风从船上卷起漫天的砂石，一粒粒变成许多小人，有小丁，有郑立铭，也有张咏江、施庆平，还有崔力，她抓住一个英俊的年轻人不放，一起尖叫着跌入大海。小人在波涛中忽隐忽现，不少人戴着高帽子。一顶高帽上写着"反动学术权威梅理庵的女儿、三反分子、《三生石》黑作者梅菩提"。菩提马上觉得自己也在海上飘浮，没顶的恐惧使得她头晕目眩。她想喊，但喊不出来。忽然头顶上出现了一把亮晃晃的匕首，方知那低沉浑厚的声音说道："抓住它！抓住它！"

"怎么能抓住匕首呢?"菩提想,"陶慧在哪里?"

她大概是抓住了匕首,只觉得一阵剧痛直通肺腑。她从蒙眬中醒来,冷汗淋漓,知道疼痛正在右胸和右臂。这时听见隔壁门响,以及慧韵那轻轻的脚步声。

"明天再告诉她吧,让她好好睡一晚。"菩提实在没有力气起来。"我也好好睡睡——"

然而她一夜不曾好生睡觉。次日一早,醒来时仍很疲倦。她听见慧韵迈着那轻柔的脚步声又开始一天的奔忙了。她忙起身推门出来,见小院中烟雾弥漫,慧韵正在西墙下和蜂窝煤炉子奋斗。

"又灭了?"

"没有。我加过炭饼了。"慧韵转身吃力地坐在小蓝板凳上。地上放着大搪瓷杯,破碟子里已装满烟灰。她没有系头巾,花白的头发已有三寸来长。她常自嘲这是"最新型男装发式"。

菩提从破碗柜里拿出咸菜来切,一面说:"昨晚崔力来了。"她想看慧韵脸色,但慧韵低头看着烟碟不说话。

"她说知道秦革的住处。"菩提试探着说。

慧韵抬头望着菩提,大而无神的眼睛更加黯淡了。她慢慢地说:"我知道了。我们队里有人往那边送砖头，看见了他。——我去过了。"她口气很淡漠。

"你去过了？"菩提心头一震。

"去过了。楼门口有红卫兵把守，不让进。我说我是秦革的妈。那红卫兵说，听说秦革的妈是反革命，你这反革命老太婆还到处乱跑。正说着，秦革从楼里出来了。"

"出来了？"

"出来了。我看见他人步走过来，就想起他小时那胖胖的小腿刚学步的样儿。他也看见我了，把我拉到附近几棵树边上。我还以为他要打我，不想他倒叫了声'妈'。我真难过得受不了。"慧韵直瞪瞪望着远方，"他哪儿还像我的儿子！整个脸肿着，神气不大像人。我说你别干了，他说大家都这么干，他也要革命！还说知道我住在匙园，有机会就来看我。正说着楼里一阵乱嚷，嚷的是'出发'，还有人叫着秦革。儿子要走，我拉着他；他用劲一推，我踩着一块石头，崴了脚了。"慧韵皱着眉伸出左脚，脚面肿了起来，鞋带都扣不上了。

"你！你不该去的！"菩提放下刀，走过来，"他总会自己回来的。"她看了看那肿得高高的脚，连忙进屋拿出酒精，用棉花蘸了在慧韵脚上揉搓。

"鬼迷心窍　　"慧韵喃喃地说，"可我到底看见他了。他还叫了我。——其实不理我也罢了。"

"崔力说他们以前是好朋友。"

"是么!"慧韵那黯淡的眼睛闪耀了一下,"你说儿媳妇是怎样的一种东西?"

"秦革又把她甩了。"

"哦。甩了。"慧韵仍低头看着烟灰碟。

菩提把那肿得馒头似的脚背搓了一阵,费劲地为她穿好鞋袜,站起身来。见慧韵手里拿着的烟已快烧完了,火星在烧着她那发黄的手指,但慧韵仍一动不动。"陶慧!烧手了!"菩提小心地碰碰她的手指,打落了烟蒂。

慧韵抬起头,两眼发直,怔怔地望着前面,但她什么也没有看见。她右手仍然举着,还是拿烟的姿势。

"你怎么了?陶慧!"菩提觉得头里轰的一下,这不是发神经病么!可怎么办呢!遂轻轻摇着她的肩,说,"陶慧!你怎么了?我在这儿!菩提在这儿!"

"是么?"慧韵打了个冷战,全身抽动了一下。她收回那不知看到什么遥远世界的眼光,定神看着菩提,吃力地说,"我有点儿迷糊。我怎么了?——我该上班去!"说着大步往院门口走,没走两步就摇晃着几乎摔倒。菩提连忙扶住她,说:"今天请假得了,你需要休息。"

"我请假？行吗？"她声音很轻，好像发不出来。

"人生了病，都得休息。"菩提哽咽地说，将她扶进房中安置好。想她可能从昨晚就没有吃东西，转身冲了一杯糖水。

慧韵睁着大眼睛，但什么也看不见。她勉强动着嘴唇。菩提分辨出她说的是请假，便说："我会去的。你先喝水。"慧韵欠身听话地喝了水，又不停地嗫嚅着。她说的是："赶快！赶快！"

菩提跑到自己房间看钟，见已是八点差十分了，连忙推起破车，到院门时，她习惯地用右手提车梁，忽然右胸一阵疼痛，右半身都似乎紧紧缩在一起了。她停住脚步，在车身上靠了一下，换用左手提车梁，把车搬出院外，骑上了车。她不愿遇见人，便走小路穿过一片荷田，经过一个土坡时，又是一阵疼痛，只好下了车，伏在车上。这时有人抓住她的车座："梅菩提！你怎么出来了？"

菩提抬头见是郑立铭。他说话时不再左看右看，神气坦然多了。他知道陶慧韵病了，便说他路过西语系时说一声，菩提可不必去了。还说现在形势大好，很多人反对张咏江。想了想又说他会来看菩提的。

这些消息似乎不错，但菩提现在最关心的只是慧韵的病。她会不会失去理智？那真比死还可怕啊。她很快回到家，见慧韵那无神的大眼直瞪着天花板，一面发出焦虑不安的呻吟，一面不停地有规律地左右摇头。菩提的眼镜片模糊了，她知道慧韵身体精神所能承受的痛苦已到了饱和程度，濒于崩溃的边缘了。她在门旁擦拭了镜片和眼睛，轻轻走到床前："请好假了，你放心休息，你太累了。"

慧韵两眼仍盯着房顶，不停地摇头。她嘴唇发白，脸上深深的皱纹里却泛着一道道红色。菩提给她服安眠药，在她脚上放了包着毛巾的热水袋。渐渐地，她安静了，转脸看着菩提，那眼光直如婴儿的眼光一样，显示着无保留的依赖而又有些茫然。

菩提等慧韵入睡才回到自己房里。她知道这样的病无法求助于药石，不必急着找医生。但在千万个医生中，有一个是她盼望思念的。她不时从窗中望一望院门，看他会不会突然出现，好和她一起帮助慧韵，和她一起对付人间的痛苦。他能为她擦拭脸上的泪痕，能为她抚摸心上的创伤。她从不知自己会这样苦苦地思念、盼望。但她应该牵累他吗？他这样年轻，这样善良，这样好——

轻风吹来，阵阵荷香在空中飘散。三生石上的绿叶，在夏日的阳光下闪闪发亮。

九 惊盟

暮色降临，三生石上的绿叶越来越黯淡了。院门呀的一声，方知出现在瓶门中。菩提几乎是冲到他身旁，低声说："陶慧病了。"便讲述她发病的情况。

"你不要着急。"方知仔细看着菩提那忽然显得憔悴的脸色，不觉握住她的手。

菩提觉得一阵感情的暖流涤荡着她那孤寂的心灵："你来了，就好了。"

他们走进慧韵的房间，见她平静地陷在行军床里，脸色灰白。她睁开眼睛，脸上浮起宽慰的微笑。

"吃了点东西吗？"方知随便谈着，一面为她检查。谈话间问起她是哪里人，多少岁等。

"你们莫非以为我得了神经病？"慧韵忽然生起气来，用被子蒙住头，说，"你们去吧。我要睡了。"

方知思索地说："该好好睡睡。"便先退出来。一会儿菩提也出来了。她轻轻带上门，低声问："怎么样？"他们到菩提房中坐了。方知仍思索地说："看来她经受的刺激实在太大了，她的神经本来属于弱型，这样下去很难说。"

"谁能保护她不受刺激？我们等于眼睁睁看着别人逼她服毒。"

"就是明摆着一刀把人杀了，也没法子保护呵。做一个人，怎么会落到这个地步？——你给她安眠药是对的。"方知把话岔开去，"一般治疗神经分裂症的主药就是冬眠灵，镇静兴奋的神经。当然她现在还不是。"

"一边用药镇静，一边变着方法刺激，谁能受得了呵。"菩提叹息地说，望着白纸灯罩上的几竿墨竹。

方知担心地看她，没有说话。他在想象这小屋里只剩菩提独对孤灯的情景。她以病残之躯担负着两个病人的厄运。她受得了么？她怎样过下去呢？方知沉默了一会儿，忽然说："我们出去走走好么？"这其实绝不是他想说的话。

"这屋里很闷，是么？"菩提问。这屋子矮小潮湿，虽未到盛夏，确已很闷人。她起身抱起一床薄被给慧韵送去，回来微笑道："她睡得很好。"便和方知走出院门，把它仔细地锁上了。

一弯新月挂在柳梢。苇塘上黑沉沉一片，空气里弥漫着幽远的荷香。邻近人家灯光点点，也都显得孤寂惨淡。"这里住的都是失意者，隔绝了热闹、繁华。"菩提叹道，"得意的人早都已乔迁了。"他们转出园门,很快就走在田间小路上,两边都是荷田。淡淡的月光在荷叶上流动,花骨朵直直地挺立着,像在翘首盼着什么。

两人都有千言万语,但都不说话,仿佛都在领略那淡淡的月光、幽远的荷香与那无边的寂静。方知觉得这一切都因身边的女病人而无比的美好、温柔了。这宁静的夜晚,比一年来兵荒马乱中最惊人的事件还要激动他的心,震撼他的灵魂。他很想诉说他的感受,但他觉得,任何带感情的言辞都会显得轻薄。他终于郑重地说了:

"梅菩提同志,你累了么?"

菩提正沉浸在久已疏阔的自然景色中,方知在身边也给她平安、幸福的感觉。这郑重的称呼使她有几分惊讶。以前他总是用"梅老师"这三个字的。

"不累。我小时就有走路的习惯。"

"那很好。"方知的口气很干硬。他轻咳了一声,转身对菩提看着,菩提也不觉停了脚步。

"梅菩提同志,"他又说,"我认为你应该结婚。"

菩提闭了一下眼睛,眼睛弯弯的,好像在微笑。她再睁开眼睛时,目光里流露出悲哀的神色,但淡淡的月光为她遮掩了。

"当然了。"她惘然地说。

"那就结婚吧。乳腺癌病人应该结婚，这原因很复杂。你现在的处境也需要结婚，你可以得到合法的关心照料——"方知一口气说下来。

菩提很想说"方大夫，很感谢你，只是和谁结婚呢？"但又觉这样近于挑逗，便不答言，仍向前缓缓走去。

不久，一条小溪横在面前。溪水潺潺，水中几块白石，在月光下有些耀眼。方知忽然问道："你要三生石么？"说话间他已跳下溪去，抱起一块石头，站在菩提面前。

雷轰电掣一般，两人都愣住了。二十年前的一幕情景同时在两颗心中浮现。

那一年菩提十八岁。全家人就要复员离开重庆回北平了。她和几个同学到磐溪去旅行。溪水有时徐缓，有时奔腾。快到一个小瀑布时，大家精神一振，都跑过去抓那水帘。溅起的水花中有一块石头，有一本书大小，很是晶莹可爱。菩提叫同伴看："这石头多好看！拿上来就好了。"忽然间，一个十一二岁的瘦弱的孩子倏地跳下水去，把那块石头抱了上来，站在菩提面前。他那稚气的毫无血色的脸上，有一种向往、尊敬和执拗的表情。水声玲琮，好像磐溪流过了逝去的光阴，来到这没有名字的小溪，在月光与荷香的空灵里，为这终于修圆了的不自知的盟誓悄悄地欢笑，也许是幽幽地哭泣，又只管向远方流去了——

"是你么？"方知轻声问，"我找了你二十年。"

"是你么？"菩提也不觉回问。如果她还是十八岁，她会投在他手臂中说，我等了你二十年。但二十年过去了，她已是三十八岁的中年人，她只能感动地看着他，随即用手掩住了脸，泪水顺着手腕流下来。

菩提这一夜完全不能入睡。她一面竖着耳朵听慧韵的动静，一面睁大眼睛审视自己的心。她那痛苦的、总在紧缩着的心，此时沉浸在一种温柔的感伤情绪中。曾经模糊的往事清晰地、舒展地印在心上。那面有菜色的乡间孩子，执拗地抬头望着她。那块石头，湿淋淋的，闪着微光。她还摸了摸他的头，向他道谢。他仍是执拗地抱着石头，跟着她们跑，直到山下，把石头交在她手里，也不再看她一眼，便又向山上跑去了。她们全家离渝北上，当然不可能带一块石头，它不知流落到哪儿了。那小孩子长大成人了，他竟是方知！他们两人都从没有想到能有机缘再次相会，但生活是多么奇妙，她和他在医院里重遇，在手术刀下相知。他居然又抱着一块石头站在她面前，要把心灵的全部财玉又付给她。他们真能在泥泞的生活中互相扶持么？哪怕脚下有深沟险穴，头上有闪电雷霆！而她，又有什么可以回报呢？

没有一个少女不织着自己的玫瑰梦。菩提的梦网最初罩落在一个邻居的亲戚身上。那是回到北平后的事了。那年轻人已入研究院，暇时便拉提琴，修长的身影投在窗帘上，琴声悠扬地萦回飘荡，使得菩提的心在琴声里缓缓融化。这种感情大都没有结果，菩提也不曾想过要得到什么结果，只默默地在琴声里随意织着梦网，觉得一切是这样美好而玄妙。

以后，她的梦网又罩住了一位青年数学家。那倒是一件大家满意几乎可以成功的事。但是菩提在革命的热流里觉得数学家冷漠而拙笨，自己亟需改造思想，一切梦网、柔情都是小资产阶级情调，统统在改造之列，自然地便结束了来往。她逐渐患了灵魂硬化的传染病，冷静地衡量着亲戚、朋友介绍的特殊意义的"朋友"。这种介绍，其实是一种计算。计算着双方得分是否大致相等，以免一方吃亏。大家都希望将要一起背负的人生行囊中满装珍珠宝贝。这样，菩提拒绝过许多人，也被许多人拒绝过，但这都是在"硬化"的情况下进行的，没有任何感情的波澜。

这一切直如镜花水月，到已全无踪影时，才悟到本不曾存在。只有方知是真实的。他愿意和她一起肩负起人生的行囊。纵然在众人心目中，这里面现在甚至不是石头，而是垃圾、毒品、罪证！然而这可能毁掉他么？他还年轻，是个有前途的医生。他应该有幸福、美满的家庭，他的妻子应该温柔而能干，不像她这样病弱残缺，没有她这样硬化的灵魂，也不是"杀人犯"！真的，如果方知是自己的亲弟弟，该怎样为他出主意？她一定要告诫他，劝阻他，不能要梅菩提，她——她就要死了。

菩提想到这里，自己吃了一惊。她怎能离开他呢？这是那多年期待的唯一的人呵。在诊室里初次见他时，不是就把性命交托给他了么？那一晚在死亡旁边，他们窥见了对方的灵魂。这些日子在勺院，他们实在已经渗入对方的精神，生根在那里了。如果拒绝方知，就像在沙漠中堵住清泉的源头。她的癌症有可能不会复发，但她的"心硬化"永远不会治愈了。她会干死，渴死。"那才真会死的！"菩提想，"可是我要活。"要活！这不是天经地义的事么？每个人生下来，是为了活，不是为了死；是为了爱，不是为了恨。菩提觉得自己那多年来与爱情绝缘的心，被方知自幼便抱着的湿漉漉的石头，捣得碎如齑粉，真不知如何是好了。

她一点钟左右去看慧的，见她仍安稳地睡着。四点左右她又去看,见她已经醒了,眼睛睁得大大的,望着微弱的、黎明的亮光。她听见脚步声,翻身看着菩提,脸上仍是疲惫的微笑。

"我好多了。"她说,"你不必起来的。"她在黯淡的灯光里很快看见菩提不安的神色。"你太累了。"

"不累。我只是心乱得很。"菩提本不想说,但她知道她的任何事都瞒不过那双关切的眼睛。

"什么事呢?告诉我。"

"我要和你商量的。你现在还该睡——"

"我睡得太多了,再睡要得痴呆症了。"她的神志显然是清醒的,发作已经过去了。

"你会高兴的。方知——他说要结婚。"

慧韵愣了一下,说:"你是说他向你求婚?"

"可以这样说。"

"你怎样回答呢?"

"我说要想想。"

"嘻!"慧韵叫了一声,一骨碌坐了起来,"想什么呢!今天就结婚!"

菩提慌了:"也得替他想想。我是得了癌症的人,比他大六岁。政治上又是这样。他还年轻,有技术。我想,他需要的,不该是我这样的人。"

"他也不是小孩子。他知道自己需要什么。"慧韵斩钉截铁地说，"我找他去，跟他说你同意！"一面就穿衣下床。

"我说好一周后答复。你还该好好休息。"菩提温婉地说，"你什么也别管。"

"要知道，我只有这件事放不下心。只要看见有方知这样的好人能陪你一辈子，我死也瞑目。"慧韵说着，黯淡的眼睛里亮晶晶的，是泪珠在闪光，"至于秦革，我管不了许多了。"

菩提的眼睛也湿润了。能得到慧韵的友谊、方知的爱情，她于人生还有什么需求呢。她相信慧韵总会有一天和儿子相聚，疯狂总有结束的时候。但这一天也许是太遥远了。她觉得还是不提秦革为好，便说："你相信我总不至于傻到那种地步，会硬把幸福推出去吧？我大概是要答应的。"

"何必大概呢？你真不爽快。"慧韵马上破涕为笑。

菩提知道方知今天还会来看慧韵，好说歹说，让她答应了绝对不提这事，一切由菩提自己说。慧韵坐了一阵，已经又觉天旋地转，连忙躺下，再三叮嘱菩提不要管她。

菩提呆望着三生石。晨曦在石头和绿叶上变换着颜色。她仿佛看见方知安静地站在石旁，他要去搬动这块大石了。"你要三生石吗？"他问道。那低沉浑厚的声音和他那镇定深邃的目光，他那善良又有些执拗的神情，使菩提感到如此巨大的幸福，她觉得自己简直承受不了。

"方知！我嫁你！"她的心在喊。"方知！我嫁你！"她说出声音来。她做出了决定。她奇怪自己怎么会要考虑，要"想想"。这是她命中注定的姻缘，是今生和来世完结不了的姻缘！

十　东窗

方知、菩提二人在荷田中重温二十年前旧事的同时，张咏江、施庆平和辛声达一起，在Y大学一个三层楼的公寓里密谈。这公寓因赶出了"黑帮牛鬼"，住进了响当当的造反人物，故称"革命"公寓。两个男子在分析两派斗争的形势。施庆平用勾针挑着一块白纱桌布，不时加进一两句富有感情色彩的插话。

张咏江、施庆平和辛大夫在Y大学和Z医院都是当权的一派。为了"权",他们真是呕心沥血,费尽心机。现在对立面的人越来越多,为了保权,也还得拼出命来筹划。阶级斗争这碗饭真不是容易吃的,这从辛大夫同时抽两支香烟可以看出来。张咏江却始终没有染上抽烟的嗜好,他和施庆平除茶之外只喝点咖啡。

"我们这里新拉起来的六一公社,打着解放一大片的旗号,要讨好某些牛鬼蛇神。"张咏江端着一杯咖啡小口地啜着,"牛鬼蛇神们都已经是死人了,他们不敢怎么样。说实在话,他们本来很有能量,要不然黑帮黑线怎么看上了呢。"

"梅菩提运气交关好,"那刮指甲的声音说,"生病还有病假!那次在病房贴大字报以后,一次也没斗过她!"

"真!"辛大夫接话道,"要是那次借齐永寿的死开成了批判会就好了。她当三、四等的陪斗,够格!小规模搞搞,没多大意思。"

"真奇怪,齐永寿的母亲也不找她算账,他父亲倒常找我们闹,今天又来了。非说他儿子是让人推下楼去的。我们让他去找梅菩提,他说,只有真刀真枪能杀人,一本书杀不了人。系里的红卫兵说他反对最高指示,把他绑了一阵。后来区法院来人把他带走了。"张咏江有些倦意,用力舒展一下深靠在沙发里的身躯。

那沙发是陶慧韵父亲书房里的家具。

"什么神经病！装的！我看是有人告诉她真相了。"刮指甲的声音很气愤。一提起真相这两个字，三个人都有点吃惊。论真相，齐永寿实非自杀，是在一次拷打别人时，他忽然抗议，和张咏江等扭打起来，在混乱中谁把他推出窗去，就很难查考了。三个人虽然都是经风雨，见世面，在大风大浪里"杀"出来的造反派，想到人命事件，心里也有些犯嘀咕。

"要是那次批判会开成了，把梅菩提坏书杀人的事坐实了，也就不会有这事。"哑涩的声音深表遗憾，"我们医院那姓方的太可恶。"

张咏江说："其实他不开证明也没什么。你也能开。有些法医，单位怎么说，他们就怎么开。从楼上掉下来总是有问题的吧。这一阵确实顾不过来。得对付那一派！"

"你不知道，方知能影响病人，他们信他的。我原来也想拉一拉他。"

"拉不成就打！"张咏江严肃地说，把杯子重重地放在茶几上，"要主动！"

"要揪方知很容易。"辛大夫哑涩的嗓门提高了，"他是漏网右派。我们几个人研究过，要攻五井公社，就要揪他们的人。方知嘛，又有把柄又好揪，他和他们派里的人也不怎么来往，没人保他。"

"他走白专道路。"张咏江沉思地说，忽然想起前几年自己也醉心于当专家，现在人生的阶梯已经改变了，还埋头于业务，就是傻瓜了，"这种人好对付。"

这时有人敲门，进来的是霍姐。"我一猜你就在这儿！今天你值班呀，我的大夫！"她满屋子打量着，又对施庆平道，"你们这儿越来越漂亮了。这小红镜台真雅致，也是你收拾得好！"施庆平并不喜欢听夸赞别人的家具，但后一句话使她很舒服。

霍姐点上了烟，坐舒服了，才说明来意。说是齐永寿的妈不见了。同时瞧瞧张咏江"公母俩"。

"她都起不了床，能上哪儿去？"辛大夫有些惊讶。张、施两人同时打着呵欠。他们对齐永寿的事都腻透了。

"就说呢。病人也太随便了。特别是这位齐大嫂，一说话就急赤白脸的，跟你翻着。她反正活不了几天，就怕她出去闹事。"

"下午她男人去医院没有？"张咏江问。

"听说是去了。两人叽咕半天，直抹眼泪，八成又想他们的宝贝儿子了。"

张咏江心里一动，莫非她找梅菩提算账去了？那才叫妙呢。可霍姐不以为然。"这姓齐的不至于对姓梅的怎么着。他们不信姓梅的写书能杀人。"说着她忽然哎哟一声,"可不是么!要说常去找梅老师的,倒有一个人。"

"谁?"三个人都好奇地问。

"方知,方知呗!"

"好!我们正要揪他。这样,你们也不必另花精神整梅菩提了。揪方知,对女的精神上打击一定很大。"辛大夫满有兴致地说,可见串联的好处。

施庆平把活计一放,站了起来,身子显得格外细瘦僵直。"没见过这样的专政对象!又休息,还找个当大夫的情人儿!应该把梅菩提隔离审查!"她冲着张咏江喊。

"阶级斗争嘛!可能应该压她一压,看机会吧。"张咏江沉思地说,"明天还得跟六一公社辩论。要紧事多着呢。"

"我写张大字报,揭发她生病还乱搞!"

"哎哟那可不行。"霍姐忙说,胖胖的脸蛋直哆嗦,"咱们是政治斗争,千万别搞那种缺德事。人家方大夫从来是正经人。"霍姐几乎有点后悔提供这消息,"两派归两派,不缺私德。"

"再正经也架不住舆论,舆论是可以制造的。懂吗?这就叫'搞臭'、'抹黑'。张老师知道,历史上这样的事多哪。"辛大夫还是饶有兴致地说。

"我说辛大夫,咱们找病人去吧?你今儿晚上值班呀!"霍姐站起要走。张、施二人忙热情地挽留一阵,一再说自"文化大革命"以来交的朋友多么可贵,希望常来串联。等他们走了以后,施庆平马上从碗柜里拿出西瓜来,一刀切成两半,两人各自用小勺吃起来,刀子摆在桌上。

辛大夫骑车走了。霍姐走出Y大学校门时,听见树后墙影里有呻吟之声,隐约有人蹲在地上。凭了多年当护士的本能,她想过去看看,但又一转念,那倒霉落魄之人八成是反革命、五类分子、黑帮什么的,沾上岂不惹麻烦。汽车来了,她忙赶上去。上了车,回头看Y大学的校门,又想起张家的家具真不离儿!

晚间每趟车相隔时间很长,四周一片寂静。那黑影在墙根下慢慢站起来,又倏地坐下去,又慢慢站起来,手扶着墙一步步艰难地挪动。等到挪出树荫墙影,在校门口显出一个身穿病人衣服的女人。她头发散乱,两目发直,原来正是齐大嫂。她往校门走两步,又退后两步看着匙园方向。她不停地呻吟,声音不大,但却包含着绝望的痛苦,令人不觉毛骨悚然。

齐大嫂的神志是清楚的。她明知自己不久于人世。在离开这乱糟糟的世界之前,她只想知道一件事:儿子是怎么死的。老齐来Y大学多次，也没有问出所以然。齐大嫂不认得几个字，老齐也没有多高的水平，但正常人的清醒理智，足够他们分辨是非。她要去问张咏江，究竟是谁害了她的亲生儿子！

几个人走过这奇怪的人形，但谁也不管闲事。齐大嫂便在校园里一步步拖着。她经常到学校来当临时工，路是熟的。"革命"公寓离校门很近。她几乎用尽了所有的力气，好不容易进了楼门，在楼梯口趴了半天，然后手脚并用，爬上三楼，来到张咏江门外。

张氏夫妇已吃过西瓜，瓜皮和刀子仍在桌上。男的在准备辩论，女的在构思最难听的辞句，用来中伤梅菩提。万万想不到推门进来的是齐永寿的母亲。他们一看见那衣服，那神情，不由得都倒吸了一口冷气。齐大嫂瞪着他们，他们也瞪着齐大嫂：一时都呆若木鸡。

还是张咏江先清醒过来。他上前一步喝道："你来干什么？你出去！"

齐大嫂已经到了桌旁，顺着桌腿溜下去，坐在地上了。"张老师，"她有气无力地说，"你行行好，告诉我我儿子是怎么死的。"她面无人色，嘴唇哆嗦着，一手紧紧拉住桌腿，免得躺倒。

"谁知道你儿子怎么死的！"施庆平叫了起来，

"你啥事体到我们这儿来！真岂有此理！"她走上去想把病人拖起来，推出门去。

张咏江示意不可，尽量压低了声音说："你老伴上午已经来过了，齐永寿同志是自杀的嘛。他是好同志，就是中了坏书的毒——"

"不用骗人了。行行好，告诉我真话就行。我们老的老，病的病，还能报仇么？"齐大嫂上气不接下气地说，汗珠顺脸直流。她浑身斧凿刀切般疼，眼睛都很难睁开，还是拼命地瞪着。

"凭什么我们得知道！"施庆平又叫起来，"你不该闯进来！死的人多了，难道都来问我们！"

"我要是走得到，我是要去问上头的！"齐大嫂两手抱住桌腿，拼命地站了起来，"你这儿怎么来不得！这儿是皇宫禁苑？！"齐大嫂觉得悲愤的怨气几乎要把自己炸裂。"我不单要闯你这儿，我还要死在你这革命公寓！"她一眼看见桌上的刀，说时迟，那时快，早一把抓在手中，往颈项上一勒，一股鲜血泉水般喷出来，桌子染红了一大片。施庆平吓得尖叫了一声，就在这一声尖叫里，齐大嫂重重地倒了下去。施庆平也晕倒在张咏江手臂上。

"怎么有这样的事！怎么有这样的事！"张咏江觉得眼前一片血水，头有些发晕，慌忙先把施庆平扶到里间。这时对门的邻居闻声进来了,也吓得怔住半晌。

张咏江和这位邻居派友商量了一阵,又找了几位亲密的派友来帮忙。有的出去找法医,有的在屋里仗胆。他自己不停地打电话找辛声达,一面暗自庆幸电话班造反派的同志把电话装在里间门口。若是摆在饭桌上,现在就浸在血泊里了。电话是霍姐接的。霍姐听出是张咏江,说:"不是刚从你那儿回来吗!还找他!"幸亏辛声达居然老实地在病房值班,他一听说这事,惊讶得几乎把话筒都扔了。

"我就来。"他放下电话。看看左右无人,告诉霍姐齐大嫂的去向。霍姐额上的胎记一下子通红,连说:"没听说过,没听说过!"

辛声达到达"革命"公寓时,齐大嫂还在地上躺着。据说法医上别处验尸去了。他在尸体旁站了一会儿,见齐大嫂的头歪在一边,半个脸浸在血泊中,眼睛倒是闭着的。这半边脸显得极宁静,一点没有平常那种痛苦的表情。辛声达看惯了病痛死亡,从未因之动心,这时却有些迷惑。"这一年的革命,怎么搞的!"他想。一面做着照例的检查,很快就开了死亡证明书。大家乱着收拾了一阵,说好把尸体送到校医院太平间暂存,明天找到老齐再作处理。

两个请法医的人去取担架时,张咏江请辛声达到里屋坐。两人都默然。这时施庆平已经坐在床里侧，用被褥把外面围住，好离尸首远些。

"真没想到她会上你这儿来。"辛大夫不安的心情还未消失。

"现在上哪儿就由不得她了。"张咏江已经完全冷静下来。遂即低声对辛大夫说着什么。辛大夫听着又提起兴致来，不时加以补充。

"你们啥事体？"施庆平问道，"这房子哪能再住？我要搬家。"

两个男子不理她。不一会儿担架来了。张咏江带几个人把尸体抬下楼去。他们并没有到校医院，却出了校门。他们沿着荷田，在阵阵荷香里疾步而行。

结束了生命的齐大嫂，也仍旧继续听人摆布。

十一 算发

六点钟光景，菩提打开煤炉，暗自庆幸："还好，没灭。"她坐好水壶，找出仅有的一个鸡蛋，准备为慧韵做一碗蛋汤，要做得像慧韵亲手调制的那样好。"以后我也要为方知做饭，他的脸色会好些。"菩提怀着温柔的感情想道。水还没开，她就轻轻洒扫小院，不时站直身子打量那块"三生石"，又弯下腰去敏捷地操作，觉得身体和精神一样轻快。

她把垃圾都扫在簸箕里，拿到院门前，要开门时，又放下簸箕，到慧韵窗下张望了一下，见她好好地睡着，才放心地来开院门。

她拉开门闩，院门自己向里开了，原来是什么东西靠在门上。门开了，那东西便向她腿上倒来。仓猝间她只看见一个乱蓬蓬的头。"什么人晕倒了。"她把这身体移靠在门框上，跨出门来，定睛看时，觉得整个的心猛地一沉，灵魂飕地从头顶飘走了，两腿不由得发起抖来。她真想从这可怕的物件前跑开，跑得远远的，永远离开这可怕的世界。可是她一步也动弹不得，好似钉进了地里。她身子直晃，但没摔倒。

等她能够思想时，她最先想到的是幸亏不是陶慧来开门，"陶慧会马上发疯的。我受得了。"她觉得一阵尖锐的腰痛，使她几乎想蹲下去，但她拼命想着："我受得了。我能应付。"这时垃圾堆那边有人陆续来倒垃圾，她高声说："快来人！快来人！"天哪！门前有垃圾堆，是多好的事呵！

几个人走过来了，一个个目瞪口呆。"这是谁？"一个人问。天可怜见，菩提还不知道这是谁。她定睛细看那半边紫红、半边血迹斑驳的脸，脸是平静的，没有挣扎、痛苦的痕迹。"齐大嫂！"菩提认了出来，"你怎么会到这儿来呢？"有人见门旁有两条纸，便拿起来读："向梅菩提索命！""《三生石》杀害我儿齐永寿！"便冷笑道："这是她来的原因！"菩提慢慢转脸看那白纸黑字，索命不足为奇，可怎么会是齐大嫂来索命！她和老齐都是明白人。也许真得偿命了？慧韵怎么办呢？还有方知，等了这么多年的方知，真对不起他！不过还是想这一分钟该怎么办吧！下一分钟的事谁能知道！她渐渐镇定了，走到门前把尸体扶起，关上院门，仍让它靠在门上。

"不准你破坏现场！"有人恨恨地喊，这时已经有不少人围观。

"我开门时，原来是这样的。"菩提解释道。她其实是怕慧韵出来受惊，"我去报告派出所。"

"不用你费心。"张咏江从人丛里走出来，他那胖胖的方脸一夜之间松弛了许多，脸皮向下耷拉着，"革命的同志们！"他转身向着围观的人群，有些是匙园的住户，有些是调来的学生，"我系三反分子梅菩提写的黑书流毒很广，毒害了很多青年。我系学生齐永寿便是一个突出的例子，他跳楼自杀了。现在齐永寿的母亲为儿子索命，也用菜刀自刎。"他说着在石阶旁捡起一把刀来，原来谁也没有注意，"这血写的事实，还不叫人痛恨、悲愤吗！？毛主席教导我们，有人用枪杆子杀人，有人用笔杆子杀人。我体会用笔杆子杀人更阴险毒辣！现在我们开始批斗梅菩提！齐永寿同志的血，还有他母亲的血，不能白流！"

人丛中的青年学生义愤填膺，一个红卫兵带头呼口号："血债要用血来还！""打倒杀人犯梅菩提！""不准六一公社包庇杀人犯！"

两个人上来把菩提推跪在地："向齐妈妈请罪！"他们大吼，把她的头一直按到碰着地面，两手往后用力拧着，好像拧的是两股麻绳。

"她有病。""癌症。""刚做过手术。"人丛中有人悄悄在说。匙园的老太太们忍不住拿出手绢来。

瓶门里响起一阵急雨似的敲门声，陶慧韵在里面尖声叫嚷："什么事？出了什么事？菩提！你在哪儿？让我出来！"

"让她出来陪斗。"张咏江冷静地说。

菩提忽然用尽平生之力大声嚷道："陶慧，别害怕，门外有死人，齐大嫂自杀了！"她的呼吸吹起了地面的灰尘，呛进喉咙，引起一阵咳嗽。红卫兵拉起头发，往她嘴里塞进一块垃圾堆上捡来的脏布。

门开了。慧韵在瓶门中出现。菩提的一句话，已足够使人镇定了。她目不旁视，一直走到菩提身边，靠着她，就在红卫兵脚下跪下来，她那短发的头，也一直俯到地面。如果这时把菩提杀头，她也心甘情愿陪着受这一刀之苦。

人丛中掠过一阵呜咽，接着开始控诉。但人们都无心听。有人觉得活人比死人更值得同情。却也有人觉得对这两个病女子的欺凌侮辱还不解恨，倡议将梅菩提押送公安局。这是革命义愤，很快便占了上风。一时口号声遍布垃圾堆侧这一小块空地。勺院门前，群情激昂。红卫兵将陶、梅两人的头在地上重重撞了几下。菩提眼镜掉了，被小将一脚踢得远远的。"去你妈的！精神贵族！"

张咏江知道这案子经不起推敲，想闹一闹就收场。但这时"革命之火"烧得愈来愈烈，他也不便泼冷水。已有人把梅菩提揪起，就要上绑，人丛中忽然挤出一个干瘦小老头，他一面走，一面说："我是尸主，我是尸主。"到勺院门前，他把死去的妻子看了半晌，转身仰面朝天，大声说："我是尸主，我不告梅老师。"

人群中又是一阵骚动。小将们有些泄气，张咏江连忙乘机收场，宣布：梅菩提杀人是实，如何处理，得等到运动后期。"文化大革命"还要继续深入，还要继续揭发批判，希望能扩大战果，揭发出新罪行云云。说完了，他走到小老头身边，商量运走尸体。

人们陆续散去，连照应菩提的两个小将也悄悄走了，没再显显威风。菩提浑身疼痛不堪，没人拧手臂倒像没了支柱，索性倒在地上。慧韵慌忙跳起，将她慢慢扶起来，掏出嘴里的脏布，让她靠在自己身上。她们两人都没有眼泪。悲痛、恐惧、愤怒，一切感情都已远离，她们所能想的，只是这一分钟的事。

这一分钟菩提想到的是找回眼镜。慧韵把她扶到柳树下靠树坐着，在灰土瓦砾中很快找回了眼镜。这看来十分单薄的两片玻璃，居然完整。菩提因此感到很满足。她用衣襟擦净镜片，戴上了。太阳已经升高，从柳枝间投下阴影。还有人在苇塘边往勺院好奇地张望。来了一辆平板三轮车，又走了。几个人从她身边走过，只有老齐默默地看了她一眼。

菩提很想追过去拉住老齐的手，告诉他绝不是她梅菩提杀害了他的妻儿，如果有一点影子，她都愿意偿命的。他可以去问方知，问每一个读过这本书的人。她知道老齐是明白人，他们都是明白人，可竟有人冒充齐大嫂写了索命字句，而齐大嫂本人居然在她门前自杀！这世界，还有什么道理可讲呢？

慧韵已打扫了门口，叫菩提回去。她又做出了那疲惫的笑容，可是头又在左右摇晃了。

她们进门，插好门闩，现在轮到菩提招呼慧韵了。慧韵分明已经又到晕倒的边缘，不能支持自己了。她躺下了，吃了冬眠灵。菩提站在她床边，在这一分钟里想到要做三件事：拼命漱口；躺一躺；接着做好那碗蛋汤。

齐永寿的母亲到梅菩提门前自杀索命，很快就传遍了Y大学和Z医院。方知上午做了两台手术，过了午饭时间，下午代人门诊，直到晚饭时，才在食堂里听见议论，他恨不得立即飞到勺院，看望菩提。在食堂外面，小丁叫住他，议论此事："辛大夫叫我们通知老齐到梅老师家。可平常齐大嫂并不信大字报上的混话，倒是说过要去问张咏江。老齐说这可能是一件移尸案。"

"那要负法律责任的。"

"不过，法律现在在哪里？"小丁又说，"只要是打着革命的招牌，往'牛鬼蛇神'身上栽赃，还有什么案不案的。老齐说：法院不如关门。"她还想关照方知注意自己安全，见他急着出去，就没有再说。

方知推了推勺院的门，门闩住了。他轻轻敲了好几下，才听得菩提发颤的声音："谁？""方知。"门开了。菩提仰首望他。在浓重的暮色中,可以看见她潸然欲涕的神情。她很快又低下头,示意方知进去。

"就在你站的地方,"菩提低声说,"主要是毫无思想准备,我吓坏了。"

"我没能保护你。"方知真恨自己。

"我没什么。现在谁又能保护谁?只是慧韵,受不了。本来好些了。上午闹过后,又摇晃起来,现在倒也好些了。"

"医药对她效力不大。"方知惘然地说,"一个医生能做的事太少了。"

"你对她有用,因为她关心我。"菩提的声音低得几乎听不见。他们站在院中,头上是这小院所能展示的一角天空。黑色的天幕好像很软,墙外柳梢头上有两颗很亮的星,离得很近。菩提很想靠在他手臂上痛哭,让眼泪洗去强暴加给她的污垢、伤痛,但她的目光从两颗很亮的星移向方知,神情是镇定的,人也站得笔直,虽然仍像在侧着身子。

"我们真不幸,生在这样的时代。"她轻叹道。她的目光抚着方知的脸,目光在说:"我只有你,只有你……"眼睛闭了一下,又出现了那弯弯的弧线。她想的是,作为"杀人犯"、癌病患者的她,会带给他怎样的牵累。

方知简直想一把抱住她，为她做一切最细小的琐事，让她整个身心松弛、休息。但他觉得这念头简直是"乘人之危"，不可原谅。他向后退了一步，说："我也觉得我们很不幸。所有的人都很不幸。难道张咏江、辛大夫他们快乐么？不会的。"

"他们么？算计别人的人永远不会快乐的。"

"其实他们也被一种冥冥中的力量算计了。"方知说，"我倒觉得，幸亏有这场风暴，我才找到了你。"他说着，又退后一步。

"也是那冥冥中的力量使然罢？"菩提不觉微笑了，邀他屋里坐。

他们把齐大嫂的事仔细分析了，觉得老齐的话是对的，不会有严重后果，但在菩提的地位，没有发言权，只好等着。方知应该告辞时，他实在放心不下菩提。今天又增加了院门外的记忆，她会害怕，会做噩梦。他踌躇又踌躇，终于问道："你害怕吗？我想在院子里坐一夜，陪你行吗？"

菩提有几分惊讶，然后温婉地笑了："不必。如果我要留你，就留你在房间里。"她送他出去，飞快地关了院门。

以后几天，慧韵和菩提总是战战兢兢。墙外不相干的脚步声都使她们警惕地好久望着院门。不过倒也无人再来"问罪"取闹。这时天气骤然炎热。勺院小屋潮湿低矮，令人窒息。便是院中，因为太小，也还是闷得透不过气来。慧、菩二人每天几次冲洗自己，冲洗院子，仍没有多少凉意。"咱们像是在广东，需要肩上搭块水布。"慧韵解嘲道。

这一天应是菩提宣布决定的日子。在这阴影笼罩的小院，算得一件大喜事。慧韵很高兴，精神好多了。她从早便在充当"能为无米之炊"的超巧妇，准备留方知吃晚饭。中午菩提在房里擦身，她在檐下切割什么。

"呀！"菩提在房里轻轻叫了一声。

"什么'呀'？"慧韵停住切割，走进去看。

菩提已披衣坐在床上。她右胸伤口上端肩胛骨处有一个黄豆大小的结节。左胸内侧一个绿豆大小的结节。慧韵直瞪瞪地望着，心里像敲着鼓点一般："复发！复发！"菩提闭了一下眼睛，唇边是不经意的微笑。她知道，自己体内流荡的敌人没有退却，很可能找到根据地，定居下来了。她们两人对望了一下。菩提忽然说："陶慧，你要答应我一件事。""什么都可以。"慧韵哽咽地说。

"你答应我，你永不再发病，为了我。"

慧韵低头，然后抬起她那无神的大眼睛："我尽量努力。"

下半天的等待气氛完全变了。若是欢乐真落到勺院，实在是大逆不道罢。她们只有在痛苦上再加痛苦，死亡的阴影从门前已经移到身上。小院还是那样整洁，暑热中隐约透露着荷香。方知来得比平时早，一进门就感到不安的气氛。慧韵仍坐在小板凳上，脚前是茶杯和落满烟灰的破瓷碟；菩提半侧着身子在徘徊。她向客人投来充满愁怨的一瞥，并不停下脚步。方知很是惶惑。

"大夫来了！就等你呢！"慧韵站起身焦急地说，"给她检查一下吧。"

"怎么了？"方知很快看见了那两个小结节，按上去都很坚硬。那伤口旁边的，很可能是线头，当然也可能是癌种植——手术刀留下的癌细胞。左胸上的就更难说了。从右侧内乳淋巴结向左转移，很可能在左胸内侧复发。

慧韵的眼光一直没有离开方知，仔细观察着他的表情。菩提却尽量不看他，只低垂着眼帘。从来分析清楚、说话简洁的方知，这时嗫嚅不语，分明有些慌乱。

"到底怎么着？"慧韵仍盯住他，"你倒是说呀！"

方知沉默了一会儿，说道："也可能只是小脂肪瘤。不过任何表面观察都不能作出判断。必须依靠显微镜。"有时显微镜下也弄不清的，这点他认为不必说了。

"还得开刀？"慧韵盯住他问。

方知不作声。菩提微笑道："这是小手术。我一点也不怕。还是该怎样检查治疗，就怎样检查治疗。"她询问而又鼓励地笑望着方知。

方知忽然起身说："我去问问韩老，明天到病理科找他看。"

慧韵拦住了他，说："你再坐一下。我要写交代去。"她用力看了菩提一眼，走开了。

方知立刻用两手握住菩提的手。"菩提！"他第一次这样叫她。他那灰暗的脸色有些发红，"你——你可决定了么？"

她不是那天晚上就早已决定了么？她向自己喊出来，"方知！我嫁你！"但是一周来情况变化了。她抽出手，像大姐姐般轻抚着方知的手，仍含笑道："我请求延期。观察一下吧。如果时间已很短暂，又何必耽误你？"她说得十分冷淡平静，说着低下头去。

方知几乎想托起她的脸，看清楚她的心，但他只能再用力抓住她的手，急切地说："你原不是这样想的，我知道。何况你并不见得是复发，何况我们一定会战胜疾病。"

菩提仍垂头不语。方知怔了一会儿，放下菩提的手，跑出房间，到院门又折回来叮嘱，他可能今晚便请韩大夫来，敲门时不要害怕。

方知来时，怀着怎样喜悦的心情呵。那期待的、忐忑不安的幸福之感是多少美好。他原以为今晚可以得到爱情的许诺，使他这在人海中飘荡的小船从此依傍在三生石上，生生世世，地久天长。如果方知把自己的秘密和亲友商量，恐怕谁也不会赞成他的选择。但是他没有家，没有亲戚，也没有任何他愿意与之谈论自己感情的朋友。他只凭自己的心，那充满感情的、没有患"硬化症"的心，指引他来到勺院。

他现在离开时，怀着怎样不幸、恐惧的心情呵。这癌细胞，真不肯放松一点么！手术刀播种的可能不大，他每次手术都极注意换刀，以致去年运动初起时有大字报说他勤换刀是为了显显威风。但是留下了内乳淋巴结，是隐患，再加上生活中的忧患，最近的移尸恫吓，足以打败正常系统对癌的抑制了。但是他相信菩提本身的力量，她的坚强洒脱，她对生的热爱。他还相信自己的爱情，那生命装载不下的爱情。如果不能把所爱的人挽留在人世，爱情和生命还有什么意义呢！

他在病理科中紧靠太平间的一间找到韩老。这间房靠门摆了两个大缸，用福尔马林浸泡着人的肢体，有一只手伸出液面。韩老在灯下整理化验报告。他听方知说过来意，稍一思索，说："来这里不方便。我们去吧。就走。"他把纸张、玻片一一收好，一面又说："我倒想提醒你，你该注意自己的安全。"

"我？"方知愣了一下。他确实很少想到自己。因为忙，因为没有这习惯，"韩老，如果我有什么事，请你照顾梅菩提。行吗？"

"只要我能做到。我很奇怪怎么时至今日我还有自由。"韩老转脸想看看方知，却没有看。马上又转过去料理手上的事，遂即锁了门。他们很快出了医院后门。这一带很少行人。

韩老和菩提认出他们是老相识。医生和政治家一样，都有认人、记人的本领。"上次那癌细胞，我还以为是你母亲身上的呢。"老人轻松地说完，就开始检查。

"您让我看过癌细胞和正常细胞的区别。"菩提说，"这么多正常细胞，怎么打不过少数癌细胞？我真不懂。"

"最高神经系统失调，癌细胞一旦得势，就难制止。不过总该是正常细胞打赢。"韩老作出了和方知相同的诊断，左胸上的结节一定要开刀。他们停留了不过一刻钟，便离开了。

次日方知来说，已约好第二天下午三时门诊手术。他要来陪她去。

这天中午下起了大雨。慧韵没有回来。大雨滂沱，转眼间勺院积水半尺多深。几缕水流顺着墙壁蜿蜒而下，不久两间房顶都漏雨了。菩提把能找到的盆罐都放在床上、桌前、墙边，听着水珠滴答滴答的声响。

一点半，方知没有来。两点了，还是没有来。大雨阻挡不了他的。菩提站在桌前，透过泛起阵阵白雾的大雨，望着院门。她觉得自己的心越悬越高，没有着落。一阵疾风，院门砰的一声开了，却并没有人进来。许久许久，雨渐渐小了，屋内水滴的声音响得格外分明。

三点了，方知还是没有来。

十二　坠楼

那天上午，方知只做了一台手术，十点多钟便下来了。他怕中午到食堂吃饭会有人找，想索性早些出去。他取下手表，到盥洗间认真地洗手，直洗到手臂。每次离开手术室回到宿舍后他都要这样洗一遍，这也是一种洁癖吧。然后在他那只容一几一榻的斗室中稍事休息，一面喃喃地说："等等，等等。"他的自言自语本来是向自己说的，近来却总是向菩提说了。"你一定不喜欢这习惯。"他不觉又说出来。他正要开门出去时，门轻轻开了，伸进一个头来，原来是霍姐。

"方大夫，来一趟。"霍姐面带笑容心平气和地说，"辛大夫说跟你商量几个病案，就在后楼北。"后楼北指的是外科医生们原来学习、讨论用的一间屋子。

确是有几个病人的手术方案要商量。方知想说到病房再谈，又想这时谈谈也好，免得下午又横生枝节，遂随着霍姐来到后楼北。他一进门，霍姐就从外面把门锁住了。屋中坐着三个人，一个是辛声达，一个是药剂师，一个是电工。"来势不善。千万不要耽误去接菩提。"方知想着，回头看看锁住的门。

"方知！你听好。"辛大夫很稳重地说。经过一年左右的锻炼，"训话"、"提审"大都不像"文化大革命"刚开始时那样叫嚷，而有派头多了，"我们要对你进行审查！审查你漏网右派的问题！如今再想漏网是漏不了的！你要相信党，相信群众，老老实实交代问题！"

方知轮流打量这三个人，估计打他们不过，遂说道："我的事全院皆知，停止预备期并不是处分。有什么不明白，可以补充。"他说着坐了下来。

"补充？你说得真轻巧！"药剂师冷笑道。

"现在你交代三个问题。"辛声达很冷静地说，"第一，你在一九五七年鸣放和反右时的言行。你成为漏网右派的真相，谁包庇你？第二，你和反动权威韩黎文的关系，你怎样包庇他？第三，有人反映你最近常出去，你搞什么串联？写清楚再说！"辛声达一指桌上纸笔，三个人都站起来。这时霍姐又进来了，往桌上扔了两个馒头，四个人一阵风往外走。方知抢步挤在他们中间，大声说："我可以回去写，我还有病人要照顾，你们不能关我！"有两个人拧住他的手臂向房中一推，只听见锁门声、脚步声，然后只剩下一片静寂。

这就是那时的大好革命形势：人，可不是什么崇高的字眼。一个人不过是一种生物。任何人，只要有降制别人的武力，就可以任意处置别人。就像洪荒时代一样，其实还不如！原始的搏斗要公平得多，那是生命对生命的抗争，没有身心的统治，没有阴谋，没有陷害。而现在，就在这一分钟里，有多少人遭受鞭答、凌辱！这就是我们的亲爱的社会主义祖国么？她曾让方知的老父平静地、放心地死去，曾培养方知成为医生，曾拯救千千万万人于水火，现在又把我们打入十八层地狱！"怎么会闹成这样的局面！"方知痛苦地想，"我们好不容易打下来的江山，怎么到了这步田地！"

他坐在桌旁，呆望着那些纸笔。他简直想大书特书"我不是漏网右派！韩黎文用不着包庇！我的行动是我的自由！"但他苦笑了一下，什么也没有写。他起身踱来踱去，听见脚步声就用拳头打门，大声叫道："我是方知！我要出来！"他希望有五井公社的人从这儿过。但每一次人声都近了，又远了，没有人理他。

他在窗前站了一阵，苦苦思索对策。窗外天阴沉沉的，室内十分闷热。他伸手推窗，一面想可能已经钉死，不料一推便开了。一阵凉风吹进，原来已经下雨了。大滴雨点飘落下来。雨越下越大，不时有细细的水珠拂在他身上。他想起这房间在二楼，离地面不很高。转眼间雨帘形成白茫茫一片，下面看不清楚了。

菩提怎样了？现在几点了？她正在苦苦地望着那瓶门盼着他吧？她又得加上一层担心。怎么办呢？方知把墙壁一寸一寸地看过，也找不出脱逃的办法。他记起在这间房里，他曾读过英国外科名医贝莱的急症外科学，他曾和外科的同事一起认真地、热情地学习、讨论马列主义、毛主席著作和党的各项政策；他曾不止一次忏悔自己在"反右"斗争中丧失了立场，也曾不止一次为手术方案和人争论。这一切都已过去，现在甚至不能形成较系统的回忆。他的脑海要排除所有的念头，好留出空白来思索怎样走出这四堵墙壁，去到菩提身边，哪怕只是告诉她不要再等了，她一个人去照规定认真检查治疗吧。

可怎么能告诉她？怎么能出去呢？方知在窗与桌之间又徘徊了好一阵。雨渐渐小了，天色又亮起来。他站在窗前久久地打量着，发现自己离地面不过两人多高。"跳窗出去！"他猛省地想道。就在这一念中，他迅速地观察形势。窗下是柏油路，靠楼这边土地很窄，上面还有许多电线。路那边是空地，原来种了些花木之类，现在只是乱糟糟一片野草。"跳得远些，落在草里才好。"他又思索了片刻，决定跳窗。

决定前反复考虑，决定后不再迟疑，这是方知行医多年养成的习惯。他纵身上了窗台，见下面没有一个行人，路面闪着水光，四周十分寂静。他想："你们不能关我！关不住我！"这种强烈的反抗心情和要见菩提的愿望，似乎足以使他腾空飞起，平安地落向勺院。他跳下去了！紧接着一声尖叫，利剑一般划破了寂静。他坠落在杂草上，但却是臀部着地。他觉得自己的腰折断了，一阵难以忍受的剧痛使他不由得大叫起来，一面在草地上翻来滚去，就像一条垂死挣扎的鱼。

"我怎么了？我怎么了？"方知听见自己的叫喊，觉出自己在翻动，马上想到不必喊也不能动。但他还是忍不住又大叫了几声，很快就失去了知觉。

勺院里，菩提呆望着那小小的瓶门，还不时转脸看钟。时间一秒一分地过去了，期待的人还不见来。"他出了什么事了？"她知道方知守信，可达尾生抱柱的水平，现在不来，几乎可以断定是出了事。她心神不安地拿起那蓝布手提袋，在门前又踌躇片刻，蓦地走出家门。

菩提到Z医院的时间是四点差一刻。她注意看着每一个穿白大衣的人，可没有打听方知的情况。那些人匆忙地走过，也都不注意她。她慢慢走到门诊手术室。那里人已不多，一个护士在走廊桌上整理着什么。看身材，很像小丁。菩提站在桌前，见桌上摆着手术名单，三点钟的一格里，有梅菩提三个字。"做不做呢？"菩提不安地想。这手术很小，自己回去不成问题。可方知究竟怎样了？

护士抬起头，果然是小丁。他们相视一笑。小丁说："你来得太晚。方大夫给你约的三点。"

"方大夫，"菩提很感谢小丁先提到他，"他在哪儿？"

"在病房里吧。今天下午没有排他。"

"病房里有紧急的病人吧？"菩提不经意地微笑道。

"这几天没事。"小丁随口回答，一面伸出手来，"手术单呢？"

菩提机械地递给她，又机械地随她进了手术室。听她和一个正在洗手的医生说了几句话，那医生有点不耐烦地看了菩提一眼，示意她躺下来。菩提遂在空着的一张手术床上躺下，另外一张床上正在进行手术。

医生走来查看她的结节部位，迅速地消过毒，正要打麻药时，菩提忽然听见一声惨叫，似乎整个屋宇都震动了，她不觉抖动了一下。

"不要动！我正要打针，打错地方谁负责？"医生责备道。

紧接着菩提又听见一声叫喊，好像是忍受酷刑不过发出的惨叫，她的心几乎撕裂了。她侧过头看另一床上的病人，那人身上蒙着手术单，安静地躺着。"不是他。"菩提想，遂解释地问医生："你们听见叫声么？"

"什么叫声？什么声音也没有。"医生不解地说，疑惑地看看菩提，不耐烦起来，"你到底还做不做？"

菩提不再说话，尽量使自己平静下来。手术时间很短，皮肉割开并没有什么感觉，但她却感到近乎恐怖的痛苦。那惨叫声在她耳边缭绕，好像是看不见的刀斧在敲折她的骨节，使她痛彻心髓。

她坐起时有些头昏。出了手术室，在走廊上坐了片刻。她本想托小丁去找方知，但小丁已不见了。这时离下班还有约一小时，穿白大衣的人已很少，门厅里有几个满面病容的人在仅有的一条长凳上挤着。地上到处都是碎纸屑和浓痰。

菩提又在门厅站了片刻，她觉得心在咚咚地敲着、响着。"他在哪里？他在哪里？"她恨不得大声呼叫，好让方知知道她在找他。回去么？难道就这样没有结果地回去？留下么？又该怎样去寻找？她在医院门口转来转去，忽然捏紧手提袋，快步向病房走去。

然而她知道方知绝不会在病房里。如果他一切正常，他怎能不到勺院来，又怎能不到门诊来看她一眼？她在遇到方知和小魏的那个楼梯前停住了。她想起韩老，病理科人少，韩老不会提前下班。她转身出了楼门，快到病理科门口时，忽听得后楼那边人声纷杂，有些人一阵乱跑。人声中仿佛听得说："有人跳楼。""这年月，跳楼的没好人！"又见几个白衣的人走过，"方知跳楼"几个字，清楚地向菩提袭来。

菩提想向后楼走去。这时人声渐近，几个人抬着担架走过来，莫非是向太平间去么？她眼前发黑，觉得泥泞的地面竖了起来，逼她往后倒退。她还没有移动一步，已经靠着门坐下来，随即晕了过去。

菩提醒来时，发现自己躺在什么床上。一位白发老人坐在床边小桌前，正在数她的脉搏。是韩老！菩提没有说话，眼泪先涌出来，滴滴答答落在枕上。韩老放回她的手，说："方知活着，你放心。"

菩提仍说不出话，韩老又说："你放心。他跳了楼，估计是腰椎骨折，已经照过相，要躺两个月。我已经到放射科去过。他大概已经在宿舍躺着了，没事。"他停了一下，大声说："你要哭就哭吧！这里没人听见。"这里的工作对象不是活人，而是死尸，当然是没人听见的。

"你不能去看他，有人看着。"韩老继续独白，"没必要，徒惹麻烦。我们会照顾他。世界上，总还是正常细胞多吧？"他那久未梳理的乱发，一绺绺垂在脸旁，有点像久居洞穴的猛兽。"不过你要是能起来，可以给他写个字条。"他知道菩提躺的"床"冰冷坚硬，不愿她多躺。

247

菩提并未注意自己躺的是个小解剖台。她起来了，头晕，伤口痛，但她觉得有足够的力量照管自己。只是眼泪不断涌出来，怎么也止不住。手帕全湿透了，她便用衣袖擦了又擦，最后好容易在一张病理报告单上写了"三生石"三个字。

菩提走出医院后门，还在流着眼泪。坐上公共汽车，还在流着眼泪。两个衣袖都湿了，只好撩起衣襟来擦。她知道周围的人在看她，但她就是止不住。眼泪顺着衣襟滴湿了长裤。这时一个陌生人凑在她耳边低声说："你不要哭了。会惹事的。一般认为哭的人都有问题。"不料这一说，菩提更撑不住，索性哭出了声。不一会儿，哭声愈来愈大。原来她前后座位上的人都在哭。前面也是个中年妇女，后面却是个彪形大汉。一时车上除了哭声和行车的隆隆声，没有一点别的声音。

十三　图圈

方知不知自己昏沉了多久。他记得是从楼当中直跳出来的，落在草地上。现在睁眼却看见楼一头的圆窗。身旁围了许多人，都在愣愣地看他，没有人大声说话。"有一个叫梅菩提的病人来做手术没有？"他想问他们，一面用手扶地想坐起来。但是他自己的一切都不听使唤，话也说不出来，手臂也使不上劲，只摸到冰凉光滑的地面，原来他躺在湿漉漉的柏油路上。"这是怎么回事！"他不懂。再用力想动时，腰部一阵剧痛窜到全身，他觉得除了疼痛是真实的，世界上一切都不存在了。

等他再从昏沉中醒来时，他已好好地睡在自己床上了。对了，他是摔伤了。人们抬着他去照过相，结果如何，他不知道。看来只得躺着了。菩提怎么办呢？她到底做了手术没有？又是四堵墙壁，把他与她，他与生活隔绝了，而且连动也不能动一动！方知明白着急是没有用的。他想到这一层时，自己觉得清醒多了。

可是他又觉得分外糊涂，因为他忽然听得呜呜咽咽的哭声。那声音远到若有若无，又近到就在他耳边萦绕。方知一时认为是自己在哭。再仔细听时，分明是菩提的哭声，那压抑不住的抽噎，还是那样柔软纤细，却有一种无比的力量撞击着方知的心，使他觉得比骨折还痛苦万倍。

"菩提！你在哪儿哭？菩提！"他忍不住大声叫起来。

门开了，一个人站在门口。方知看不清是谁，只看见那手臂上的通红的袖章。那人大声喝道："你还猖狂什么？老实待着！"随即砰一声关了门。方知想问他是否外边有人哭，也来不及。

这一声门响打断了缥缈的哭声。方知再侧耳细听，却只有窗外的蝉鸣。大雨过后，它们休息过了，这时又起劲地噪闹起来，更显出四周的寂静。

原来还有人看守，真是身陷囹圄了。其实又何必再设牢笼，只他这不能动的身体，便是自然的缧绁。方知不是哲学家，也没有读过多少哲学书籍，不然他会想到在有些哲学家的心目中，世界、万物与自己的形体，无非只是牢笼，而觉得心平气和。他在疼痛中一时昏沉，一时清醒。又一次清醒时，他下意识地拿起桌上的手表，一看是七点三刻。天色朦胧，他还以为是早上。"迟到了！"他几乎坐了起来，当然又是一阵剧痛。他明白已是晚上时，才知道已有八九个钟头没有见到自己的病人了。他们都怎样了？那个上午刚做过胃癌手术的病人，身体十分虚弱，居然不能去看他一眼！而且也不知道什么时候能见他，还能不能看到他！在他的输液瓶里，一定得用右旋糖酐。那是代血浆，现在轻易不给一般病人用的。方知认为，病人是否一般，只能根据病情轻重，不能依照权势大小。他在医嘱中开了这药，是否能一定输进病人身体，他很不放心。还有三天前的一个直肠癌病人术后发烧，千万不能减少抗菌素用量。还有一个肠癌病人，情况很好，应该改半流质食物……医院里的一切，都使他牵肠挂肚。一个医生，不能治疗病人，自己却成了病人，躺在床上，说不定会终身残废，再不能尽医生的职责，若是这样，生活还有什么意义呢！

门又开了，霍姐走进来。她那胖胖的脸显得没有精神，左额角的红记十分明显。她一手端着一杯牛奶，一手拿着个大纸口袋。

"十八床输液情况怎样？一定得给他用代血浆呵。"方知看见霍姐，一口气把心里惦记的事全说了出来。他知道霍姐和辛声达那伙人不完全一样，她的心眼并不太坏。这个下午找担架等事都是她在组织。方知在迷糊中印象倒还清晰。

"可真是贱骨头，摔成这样还想着病人。"霍姐心里说，同时也默默记下了方知的医嘱。她抽出片子递给方知，说："你看看自己的片子，他们说至少躺两个月。"

方知懂得她说"他们"是指的骨科医生，骨科差不多都是五井公社的。但"他们"对方知很冷淡，有人还主张把他抛出，不料他自己跳楼了。片子很清晰，诊断书上写着"第四五节腰椎压缩性骨折"。方知慢慢抬动两腿，都能动，没有压住神经，看来不会有后遗症。"那就躺着吧。谢谢你。"

"我们安排几个人照看你。"她说了几个名字，大都是靠边站的，其中有韩黎文。

"为我花的人力太多了。"方知说，"门口还设'岗卫'，何必？我又动不了。"

霍姐想，你要能动就好了，病房里真觉得没法抓挠。但她嘴上说："门口有人没有你管得着吗！你养你的伤！"说着要走，在门口又转过身想说什么，愣了一会儿。方知乘机对次日的手术叮嘱了几句。霍姐点点头，没有说话，开门走了。

方知用虹吸管喝了牛奶。夏日天长，这时也全黑了。蝉声静了一阵，又噪闹起来。他知道痛苦是会过去的，但经过痛苦的人再也不是原来的人了。不知怎的，他想起了初进Z医院第一次看见病人死去时的情况。那是一次开胸手术，实习医生的任务是用钩子拉住肋骨，显露内部，完全是一种体力劳动。拉得手臂酸痛麻木，仍然一点儿不能放松，必须坚持到手术完毕。手术下来后他负责照管这个病人。病人很平静，输液管中的液体一滴滴平稳地滴落。他几乎和护士轮流，一会儿量血压，一会儿数脉搏，一切似乎都正常。午夜过后，他又去看视，进了房间，先有一种异样的感觉，等看清楚时，只见病人双眸紧闭，大汗淋漓，已处于休克状态。方知忙叫护士去请上级大夫，一面眼看着那病人最后一次睁开眼睛，祈求地看着他，像是求他帮助，随即就闭上了眼睛。方知心知不好，跳上床去做人工呼吸，一连做了几十次，没有反应。他正用力拉动病人的手臂时，外科主任韩老来了。韩老翻开病人的眼皮看过，拉住了他，说："已经死了，没有用了。"护士们过来用白布罩住了尸体。方知呆呆地站着，觉得一阵不可言喻的悲痛，几乎哭出声来。他忍了又忍，还是忍不住，独自到楼梯口坐下来，接着眼泪如同决堤的洪水一般，他简直是号啕痛哭，像孩子似的号啕痛哭。

"方大夫，你怎么了？这不是你的错，也不是手术的错。不要伤心了，慢慢会习惯的。"韩老过来劝慰他，他连忙站起来。他记得楼梯口灯光的黯淡，而韩老的头发那时是乌黑的。

可是方知对于死亡始终没有完全习惯，直到两个多月前魏大娘去世，他还是感到那样歉然，那样沉重，只不过早已没有了眼泪。

他想起十年来他看见的多少次祈求的眼光，多少次不可抗拒的死亡，每次他都束手无策，无能为力。他的痛苦的由来，其实是因为生和死的斗争，因为生的失败，死的胜利；因为医药和癌的斗争，因为医药的失败，癌的胜利。他是治癌的医生，但他常常不能尽到救人的职责。他知道韩老也不是无动于衷的。在生和死、医药和癌、职责和不可抗拒的命运之间，不断地重复着悲剧。

悲剧不是永恒的，他一直相信。但现在，他躺在病床上，那尽头在哪里呢？Z医院乱作一团。上下忙着斗修正主义。医疗水平下降到不可收拾的地步。已经占领的阵地，重又让给了癌症。医生只有节节败退的份儿。不只是在一个病人面前，而是在整个社会面前束手无策！无能为力！方知多么想为自己，为菩提，为病人，为社会捶床痛哭！

正在心乱如麻时，有人进来了。黑暗中依稀辨出正是韩老。对于现在的痛苦，韩老又能怎样安慰呢。他慢慢走到床前，开了台灯，把灯罩转过来，使灯光不照射方知的眼睛。

"她来了吗？"方知用力地问。

"来了。做了。这是她写给你的。"韩老递给他一张病理报告单，在一栏栏的表格上，写着"三生石"

三个娟秀的字。

这是生命的许诺,这是灵魂的安慰。三个字里,表现出正常细胞战胜癌细胞的力量,表现出生战胜死的信念。方知觉得其乱如麻的心绪忽然找到了头。

"她的切片?"他小心地问。

"还没有送来。"韩老疲倦地坐在那唯一的椅子上,"刚刚头头们叫我训话,训了半天,我只听懂一点,有人找我去做手术。我调离病理科了。"

"你的手术刀能起作用总是好事。不过,上哪儿?什么人找你?"方知关心地望着韩老白发苍苍的头。

"谁知道呢。我还要去科里看片子,有结果就告诉你。"他说着拿出纸笔,还有一块硬纸板,那是凭着医生周密考虑事物的习惯准备的。"写吧,我送去。"说完转身对门肃立。方知要他坐下。"我有事。"他回答。

方知写得很慢,他躺着,动手不方便。他又不愿菩提看见歪斜的字迹。他尚未写完,韩老忽然冲过来夺去写信的工具,转眼间不知塞到哪里。门开了,看守气势汹汹地进来,对韩老说:"你还没完?磨蹭什么!"韩老不答,只管做着些琐事。然后对方知点点头,走了。

这一夜方知和菩提一样,只觉得火车隆隆声在脑海里穿来穿去。车声伴着蝉声，把无边的黑夜塞得满满的。再加上疼痛，直把方知挤得无处安身。

第二天那"岗卫"就不那么积极了。快到中午时，接班的还没来，头一班就自动撤离，只把照顾方知的名单贴在门上。小丁来看方知，见名单上写着"除此数人外，别人不得入内！"她自管扬长入内。楼道里有红缨战斗团的人走过，也假装没看见。

小丁昨天没等下班就溜回家，今天才知道方知跳楼。上午梅菩提到门诊手术室找她问方知情况，留下了一封信和一个纸卷。她此时把两件东西交给方知，一面说："梅老师真勇敢。"

方知接过信和纸卷，暂不打开，先问病人情况。小丁幸亏到病房转了一下，答了一半，方知尚觉满意，憔悴的脸上露出一缕微笑。小丁叹道："方大夫真是好人，好人不得好报！上午动手术的病人倒霉了，又是辛大夫。"

"但愿他别着急开什么会。"方知有点庆幸霍姐昨天来过，霍姐转述的话辛大夫也许会听。

小丁想了一下，说："手术前我听见霍姐和辛大夫在值班室喊喊喳喳，他们不知道我在里间，我拿东西去了。好像说的是齐大嫂是到张咏江家自杀的，真是移尸。反正霍姐知道这事。"

"有证人了。"方知沉思地说,"不过霍姐挺义气,不会反戈一击的。"

"有他们狗咬狗的时候!"小丁有些生气,白白的脸涨红了。她见方知不拆信,便要走了,忽又想起来,说,"传着要派一批人到甘肃,算是六·二六医疗队,有权有势的人保险不会去。"接着又说:"排我明天下午门诊,我不想去,又没学过。"

"如果是我,我就不去。"

小丁默然走了。

方知见门已关好,忙拆开信,信很短。写的是:"我如约来做了手术,不要惦记。最能安慰我的,便是你的健康消息了。你因何跳楼,难道我不知道吗?"纸卷是菩提平时的字画。有一张是菩提昨晚实在不能入睡,随手写的。那是《庄子》中《大宗师》里的几句:"堕肢体,黜聪明,离形去知,同于大同,此谓坐忘。"还有勃朗宁夫人《葡萄牙十四行诗》中的几句:"从今我徘徊在我生命的门前,再不能一人私自驱使我的灵魂。""我为自身祈祷着上帝的慈悲,他听见的名字却是你的,他在我眼眶里看出俩人的眼泪。"方知懂得菩提写这诗句的意思,却不觉想起上午做手术的病人,想起那些不得不接受护士诊断的病人,很想把后面这句诗改成"在我俩的眼泪里看到的是众人的悲伤。"就是不押韵，也没关系。

方知从几张纸中拣出一幅水墨竹石图。图正中画着勺院中的那块大石，菩提画石的技术不高，但方知觉得他心目中的"三生石"，再不能是别样的了。石旁疏朗地立着几竿竹子，很显出那"未出土时先有节，到凌云处亦无心"的精神。石旁竹侧，仿佛有菩提站在那里，眼睑低垂，弯弯的弧线给人含笑的感觉。这纸上泛出了柔情的波涛，把他从硬床上托起，拥着他，摇着他，抚慰着他。虽然他处身双重的囹圄，却感到与生活的联系如此亲密而坚韧。

这一天，方知都在读画。他想得很多。原来他认为自己可以完全保证菩提的幸福。现在情况不同了。他会痊愈，但永远会腰酸腰疼，会影响他的工作。他的政治前途很不妙，"漏网右派"的帽子在等着他。而今后普通医生的前途是赤脚奔走在深山老林，这第一批医疗队如果不是他摔伤的话，名单中是少不了他的。和老百姓在一起是他最初的愿望，他是从他们之中来的。但菩提的身体，怎能经受不稳定的生活？虽然她是那唯一的女子，但那多少年来的赠石的信心，他已经无权怀有了。

漫长的一天过去了，他想着。皎洁的月光照进窗来，他想着。在那展示在月光下的惊恐的梦里，他也在苦苦思索怎样使菩提幸福，怎样使病人平安。

十四　明月

　　那皎洁的月光，同时关切地抚照着勺院。

　　方知跳楼的当晚，菩提一夜未睡。她在公共汽车上哭了一阵，回勺院后，眼泪倒没有了，头脑是一片空白，只觉得心里乱糟糟地难受。她几次强迫自己躺下，但总是又起来。慧韵听见她折腾，披衣过来，打开砚台，磨着墨说："你不用睡了，写字吧。写庄子，禅宗语录，写'菩提本无树，明镜亦非台'。你会背许多的。画石头，画竹子，就是别胡思乱想。"她那疲惫的笑容是那样凄切。

　　菩提接过墨，说："你睡吧，别管我。"说着磨了几下，果真执笔写字。慧韵手托着脸颊，看着纸上留下的墨痕，暗想道："真是福无双至，祸不单行。"不觉深深地叹息。

　　"你去睡。"菩提再次催促，"我好多了。你明天还要劳动。"慧韵站起来，菩提又说："劳动时记着偷懒。"她常常这样叮嘱，但偷懒在慧韵是很难做到的。慧韵也叮嘱说："只要能平静些，还是躺下休息，到底刚做过手术。"说罢带上了门。

菩提乱写一阵，觉得闷热，便关了灯。月光泻进窗来，满室顿生凉意。她想着"菩提本无树"这几个字，若真能看破红尘，相信人生不过是梦幻泡影，自己本不存在，那还有什么痛苦可言？爹爹取名字时，想必已知她忍受不了人生的痛苦，为她准备下了麻醉剂。她回头看爹爹的骨灰罐，那褐色的陶罐在月光下呈现出阴冷的黑色。她简直想大声叫爹爹，叫母亲，叫方知，但她及时地紧紧咬住一条手绢，在奔流的热泪中，又开灯写字。这一夜，她就想一阵，写一阵，哭一阵又躺一阵。月光越来越淡，天渐渐亮了。

菩提起身后便到医院去。她知道去了很有遭批斗的危险，但也管不了许多。人生中既有被逼到"管不了许多"的时刻，便会有这"管不了许多"的精神。她虽未见到方知，想到方知能见到她的字迹，也觉安慰。

在勺院，这一天也是漫长的。晚上，月光又在三生石顶涂抹了淡淡的白色，慧韵才回来。她进门时，手里拿着一封信。"信在园门口扔着。"她递给菩提，一面说。那时的信都不送到人家,一个居民点一个信箱,有时就扔在地下。菩提一看笔迹便知是方知来的。她用右手撕了两下没有拆开,想找剪子,又觉得来不及,还是用左手撕开了。就在月光和路灯光下看信。

信上写着:

菩提:对不起你。

我躺着,有人照料,无不适感,千万放心。韩老已离开病理科。你可按时来门诊看结果。一般一周以后。我知道坚强洒脱是菩提的本色。见到"三生石"三字,我于人生已无所求。我躺着……

信没有完。字迹笔画仍然工整,只稍有歪斜,显然是在床上写的,有机会就发出来了。菩提把信抱在胸前,定定地看着柳梢上那两颗不很明亮的星。

"怎样呢?他好吗?"慧韵着急了。

菩提把信递给她,她看后轻叹道:"你看,他很好,你要放心。对了,咱们可以让崔力给他送点吃的。刚才我在校门口看见崔力了。她凑过来说一两天要来。"慧韵停了一下,又说:"她大概有秦苹的消息吧?嗐!我还真爱听。"

过了两天崔力果然来了。她瘦多了,容颜憔悴,脸上那种迷惘而又不以为然的神情更为突出。她的生活一定很不规律,精神波动也一定很大。她一进门就撇着嘴,好像一肚子委屈,就要哭出来似的。

慧、菩二人都问崔珍病况,崔力照例回答:"她?死不了。"又说了几句闲话,她对慧韵说:"陶阿姨,我是来告诉你,秦革要到北大荒去了,去建设边疆。"她觉得从慧韵得到的慈爱温暖比崔珍多,虽然她和慧韵并没怎么说过话。

慧韵睁大那黯淡无神的眼睛:"你去么?"

"我不知道。我可以不去,可又想去。"她想去的原因是很明显的。

"建设边疆。"慧韵自言自语地说。她知道这是秦革的心愿。他在高二时,因为学习成绩优异,学校让他提前考大学,但是他不考,他要到农村去,到边疆去。"本来么,他就是这样教育大的。也许该去吧?什么时候去?"慧韵像是在问自己。

"据说九月份。时间多着呢,现在刚申请。"崔力好奇地望着慧韵。

"我得给他准备东西,铺的盖的什么的。"慧韵说着站起身,似乎就要着手,但她的小屋里除了闷热,什么也没有,"怎么办呢?北大荒多冷呵。"

菩提说得通过系文革领导小组去找张咏江拿回东西。如不成功，她父亲在世时用的被褥可给秦革带去。说着便打开床脚的破箱子给慧韵看。崔力也跟进房来，问道："陶阿姨，你同意他去吗？"

"他不会问我同不同意，"慧韵苦笑，"倒是得想想，我们准备的东西他要不要。"

"他会要的，因为他什么也没有。"崔力叹息地说，"——可我究竟去不去？他们申请书都写了好几天了。"

两个成年人互相看了一眼，劝崔力应该和妈妈商量，也许该留下来照顾妈妈。

"她！"崔力照例先说这一个字，停一会儿，说，"她迷得很，生怕自己不够革命。她永远削尖脑袋，要当积极分子。她会赶着我去，我其实没兴趣，要不是——"

"秦革还不是一样'迷'。"慧韵说。

"他是真心，他真心革命。"崔力热心地辩护。忽然对菩提说，"梅阿姨，我很羡慕你和方大夫，就是有很多波折，也是幸福的。我们这一代人没有这样的感情了。我们太实际，也太残忍。"

真的，比起这在风暴中不知落向何方的一代，自己的遭遇，也许算不了什么。菩提心中充满了同情，但却不知怎样安慰崔力才好。

"太痛苦了。"崔力喃喃地说,转身出了房门。慧、菩二人以为她到院中去,却听见院门响,她走了。

菩提遂靠等信过日子。方知每天一信,告诉她自己的情况,安慰她,鼓励她。却从未说多么想见她,想知道她的消息,可这心情在字里行间流露出来,使菩提感到格外酸楚。

宣判的前夕,当头明月已经缺了。因为院子小,四壁都似乎反射出光来,使得小院很亮。慧韵写好这一天的思想汇报,一手拿着小板凳,一手端着茶杯,到院中坐坐。那茶杯里已是好几天没有茶叶了。慧韵节约了几乎是每一分钱,为菩提增加营养,好对付那还不知是怎样残酷的治疗。菩提坚决反对她连茶也不喝。她会满面笑容地说:"我这茶杯里的茶味儿足够了,这是不洗茶杯的好处。"菩提这时在檐下喂那只小狸猫,猫儿弓着身子,对着菩提大叫。

院门上响起温和的剥啄声,好像怕惊吓了主人。两个主人连同小猫一起警惕地望着院门。随着"梅老师在家么?"的声音,进来一位老人,满头白发,在月光下真像银丝般闪亮。

"韩老!"菩提放下猫碗,高兴地迎上去,慧韵站了起来。

"你们坐,你们坐。"韩老客气地说,"我来宣布一个好消息，梅老师平安无事。"说着拿出病理报告单，用手电照着，给慧、菩二人看。

病理报告单上写着，"未见癌变"。

慧韵长长地吐了一口气，说："现在我的心回归本位了。"

菩提也有几分释然之感，但却觉得，如要真的如释重负，还需许多别的条件。她不经意地一笑，问道："方知呢？他怎样？"

"一切正常。"韩老笑眯眯地说，"他的信都收到了？"

"收到了。你呢？怎么不在病理科了？"

"据说有人要我去做手术。"韩老的笑容收敛了，"当然是哪一位首长，不然怎么能放我。这几天规定学习几篇文章，还要写心得，谈体会，晚上也出不来，这不是好运道。"

菩提忽然想起古时候的皇后患天花死去，御医要被处死的事情。她关心地看着韩老苍苍的面容，深深的皱纹在月光下很是分明，便慢慢说道："但愿我们都化险为夷。"

"还有一件附带的事，也是好消息。"韩老随即说了霍姐知道移尸的事。

"这么说杀人犯我也够不上了，这诬陷倒很富有浪漫色彩。"菩提叹道,"只是齐大嫂一家真——"

"应该告诉郑立铭,让他找霍姐调查。"慧韵眼睛睁得很大。

"多亏韩老来告诉我们。"菩提感谢地说。

韩老说:"那是方知叫我转告的。他着急想知道梅老师的结果。我去找了来,我自己也看了片子。明天你自己去,多半找不着。"他转脸看着菩提,沉思地说:"方知是好人,是正派人,农民的儿子,我看比我们知识分子强。知识分子确有自私、好名——美其名曰事业心吧——软弱的一面。我这可不是血统论。"

三个人暂时没有话,月光静静地流照,气氛宁静而亲切。

"您认识韩仪吗?"慧韵打量韩老的脸,忽然问道。

"那是我的儿子。你认得他?"韩老全身抽搐了一下,"他当初被誉为又红又专,全面发展。这两年检查出来,他患着一种病,好像在灵魂上套着个硬壳——"

"心硬化!灵魂硬化!"慧韵脱口而出,"这是我们匀院给这种病的命名。我的儿子也患这病,这病有传染性。"

韩老没有说话,像是在品评这病名。慧韵想说什么又忍住,她看了菩提一眼,还是忍不住说:"我们总是处于改造的地位,自己什么都是错的。一旦——"慧韵缩住了,茫然地望着地下。

"我当初也是心硬化初期患者,现在才知道只有不硬化的血肉的心,是世间最真实的。"菩提慢慢说道。此时她心中充满了方知。是方知治疗了她的沉疴,在她僵硬的心中注入了活水。她又有了性命,她该怎样用这性命报答他,营养他,庇护他?其实这性命早已不属于她,而是属于他了。

"我们也需要改造的,"韩老仍沉思地说,忽然又笑道,"你们两人很有意思,发明不少新名词。梅老师你还要多保重。"他对慧韵说:"你的儿子会痊愈,我的就难说了。"随即起身告辞。

他走到院门口,菩提还站在三生石的影中。"韩老!你等等。"她叫道,追了几步,"我要去看方知,我跟着你走,就装做不认识,行么?"

韩老仍沉思地看着她,半晌说道:"可以,他那里基本上没人看看了。不过会遇到什么情况,很难说。"

"我不在乎。"菩提大声说,跑进房里,拿了手提袋,她要慧韵进屋去,自己锁好院门,跟着韩老走了。

从医院后门进去,一个人也没有。冷冷的月光,斑驳的树影,菩提觉得像是到了墓地。这里的死人确是够多的。她和韩老保持约十步距离,顺利地来到方知门前。韩老伸手指了指，只管走过去了。

菩提轻轻推开房门，闪身进去，忙关好门，靠在门上喘息。室内光线很暗，床头小灯照着方知的头。他原正举着那张水墨竹石图，看见菩提的身影，画掉在身上。他丝毫不觉意外，只顾看着她。

"你来了。"他低声说。看见她，是他跳楼时的盼望，是他缠绵病榻日日夜夜的盼望。他知道，没有任何东西能阻挡她来。一切罪名，一切疾病，便是死亡本身，也都会为他们的爱情让路的。

"我来了。"她温柔地回答，把手交在他手里。

他们觉得自己是这样丰满，这样坚强。在这一瞬间，他们都成了不坏的金身，足以超凌色空，跨越生死。而这样四手相握，四目相对，便是无限，便是永恒了。

十五　远别

炎热的七月过去了。八月上旬，匙园门口劫余的玉簪花吐出雪白的花棒，不几天便张开了，散出芳冽的香气。中文系大权虽仍在张咏江手里，对他不满的人却越来越多。他移尸一事，小丁传出的话是外证，施庆平以各种堂皇的理由闹着换房子便是内证。大家心中是清楚的。六一公社有些人给张咏江贴了大字报，张也诡辩过。但又有些人不主张为"牛鬼蛇神"说话，所以搁了下来。就像"文化大革命"中的许多事一样，真要做出结论，得等十年八年。

总的说来，菩提的处境好多了。方知逐渐在恢复健康，也给她很大安慰。郑立铭不只一次到勺院来和慧、菩二人谈论学校里、社会上的斗争。他常说菩提有病，可谓因祸得福，免得整天斗呀斗的。慧韵的情况仍无进展。她每天劳动之余，便操心儿子的装备。张咏江答应让秦革去取东西。她随着崔力到处找儿子，却始终没有遇到。

勺院地处偏僻，离学校中心区很远，越是这样，越有些人愿意到这里小坐。韩老走后，小丁有时也来。来的人都知道，无论说些什么，慧、菩二人是不会外传的。他们随意发牢骚，然后平静地走了。反正那时时间是最不宝贵的。奇怪的是，这几个常来的人彼此从未相遇，好像排好了时间表似的。

很快到了八月下旬，慧韵回家时带回几朵将残的玉簪花。"这是最后几朵了。"她照例插在菩提案头。

"可我还没见着秦革的影子。他会不会已经走了？"她问着菩提。

"不会。崔力总知道的。"菩提安慰她。

虽然已经出伏，到晚来颇有凉意，她们总还在院中坐一会儿，招待来卸去牢骚烦恼的朋友。新插上的玉簪花的香气已有些残败的味道。她们坐在院中，慧韵道："今晚不知谁来开水话会。"菩提只默然望着柳梢头上的星星。

不料这晚来开水话会的，竟是慧韵一直思念着的儿子秦革。他一脚踢开院门，手里抱着一大堆乱七八糟的被褥之类，完全不曾包裹，闯进来了。把慧、菩二人吓了一跳。

"儿子！"慧韵那无神的大眼睛闪闪发亮，路灯都骤然黯淡了。"我的儿子！"她简直要扑过去抱住他，又畏怯地站住了。

"妈！"秦革叫了一声，把抱的东西全扔在地下，"你给收拾收拾。"他一屁股坐在妈妈的小板凳上，环视小院，评论道："就这两间小破屋？——你吃得饱吗？妈！"

"饱？倒还不至于饿死。"慧韵哽咽地说，"你瘦多了，儿子。"

"我们有饭就吃，有地方就睡。斗牛鬼蛇神、走资派,斗对立面,还斗自己的'私'字。革命的道路真长——"他说着忽然注意到菩提,便盯着她,仍和慧韵说话,"听说你和《三生石》的黑作者住在一起?"

菩提激灵灵打了个冷战。她在路灯的光下看得清楚,这小伙子就是抄她家的积极分子。是他拿起她那一点点积蓄,是他砸了镜子和香水瓶,是他和别人一起嚷叫着在院中焚书,把文明付之一炬。他那本来端正英俊的脸,在熊熊火光中十分狰狞,使菩提永远不能忘记。

然而这时能说什么呢?菩提只坐着不理。慧韵央求地说:"你不要胡说!梅姨是我的好朋友。"

"好朋友?你怎么还这么糊涂!她是杀人犯!"秦革气愤地涨红了脸,他觉得不这样就不够革命。

菩提站起来了,忍不住大声说:"我不是杀人犯!倒是你,抄了我的家,拿走我的东西!"

"我就是抄了你的家!你的钱,送银行封存了。怎么着?"秦革一拍大腿,也站起来。

"你还我!我要钱养病!"菩提很想嚷出来。经过"文化大革命",凡是还有点"人"气的人,都学得几分"泼"的。但这是慧韵的儿子呵。她只瞪着他,没有说话。

"你居然敢猖狂反扑!"秦革很少见"牛鬼蛇神"

敢大声说话的，觉得简直不可思议，伸手就解皮带。

"住手！"慧韵扑上来抓住秦革的手，大滴眼泪落在儿子手上，"你怎么变成这样子！要打先打我！"

也许母亲在任何时候总是母亲，尤其是慧韵这样的母亲。她把秦革按住了，回过头来祈求地望着菩提，要她不要计较。这时菩提注意到秦革长着一双慧韵的明媚大眼。那一定是慧韵年轻时的明媚大眼。她叹息一声，转身走进房去。

院中静了半晌。慧韵低声说："你就在妈妈这里住下吧？有凳子。妈妈睡凳子。"

"不。我太累了，不能睡。我觉得自己变硬了，愈来愈硬，以后会变成石头，不是人了。"他的声音好像闷住了似的。

"你是人，我的儿子！"慧韵抱住儿子的头。

"我想妈。"秦革说。他忽然警觉地挣开了妈妈的怀抱。这资产阶级腐蚀太大了！他猛地站起身，推了慧韵一下，"可大家都这样革命，我不能落后。我要走了。给你这个。"他递给慧韵一张纸，便大步走了。慧韵跟着他，叫着他的旧名："怀生！怀生！"一直追出门去。

菩提忙出来追着慧韵，绕过垃圾堆，看见慧韵孤零零地站在黑黝黝的苇塘旁边，在呆呆地望着已被夜色吞没了的、她那亲爱的遗腹子的身影。

菩提轻轻拉她回到勺院。她们在灯下研究那一张纸，原来是一张表，有家庭出身、本人成分等简单栏目。还有子女数目、对子女下乡意见等。后面有个通知，通知上山下乡知识青年的家长到区里开会。

她们不知道这张纸秦革得来非易。在当时的混乱中，秦革和他的几个同学对抄家批斗的狂热已经过去，研究形势打派仗贴标语也有些发腻。他们不知道到底该干什么。"到北大荒去"的号召一出来，他们觉得已经搅做一团的革命理想重新有了轮廓。北大荒的空气是清新的，北大荒的风是刚劲的。革命青年和工农结合是毛主席的教导。扎根边疆、建设边疆多么富有浪漫色彩。更何况秦革一直有这样的抱负。他和几个同学兴冲冲跑步到区委会，跑得把外衣都脱了。大家抢着填写申请表，恨不得第二天就踏上新的革命征途。

别人都顺利通过了。办事人把秦革的表翻来覆去看着，皱眉沉吟，含糊不清地说."边疆嘛，政治条件要高些。"叫他两天后再来听信。"难道连劳动的权利也没有么？"秦革遭受歧视，非止一次，从没有像这次这样激动而愤慨。初中三年级时，同学们第一次实弹打枪，没有秦革的份儿。他只好和一个倒霉孩子——一个"极右"分子的后裔，坐在教室里，眼巴巴望着操场。从那以后，他再没有想过要当解放军，虽然那是新中国男孩的普遍愿望。他愿意"天天向上"，愿意听党的话，尽量照着当时的社会道德标准行事。他不断批判从未见过面的父亲，虽然他始终没有闹清资源委员会是怎么回事。"文化大革命"的灾难凭空卷入几乎是每一个知识分子的家庭，他合乎规则地和母亲划清界限，参加一切"革命"行动，事事争先。但是他连一个红卫兵袖章也没有挣上。到北大荒去，为祖国建设粮仓，这正是秦革的理想。他不怕苦、累、折磨，他知道自己需要锻炼、改造。可现在，连这个机会也不给他。他，究竟有什么过错呢？还有哪一点没做到呢？

两天后，他和几个同学又到区委会去问。那个管事人还是含糊不清地说："边疆嘛，政治条件得从严掌握。"然后很明确地说："你回去吧。下批再说。"秦革几乎想解下皮带来，但他忍下了，开始陈述理由。他怎样不考大学，要去建设农村，因为那里最需要人。他怎样学习毛主席论五四运动的文章，知道革命青年不与工农结合便是死路一条。他慷慨陈词，声泪俱下，把这一年来学的辩论术全都施展出来。同学们也不时敲敲边鼓。那管事人很为难，但还是没有批准之意。这时从另一间屋走过来一个平常的人，说是从北大荒来接青年的。他干脆地对区里管事人说："收下他吧。我看行！跑不了！"那管事人无奈，把秦革的表和同学们的放在一起。同学们都欢呼雀跃，把秦革推来推去。他总算获得了奉献自己青春的机会。

慧韵为了慎重，先用铅笔打草稿，做一次填表演习。在对子女下乡意见一栏里，她原写"无意见"，后来又想，儿子反正坚决要去，何不明智一些，让儿子高兴。遂写了"坚决支持上山下乡"。果然一天清晨秦革来取表时，认为妈妈思想有进步。慧韵乘机说："怀生，你真认为妈妈是坏人么？"秦革不答，只管看着柳树梢。"如果妈妈是坏人，如果妈妈不爱国，不爱新社会，能把你教育成这样么？"秦革起身便走，到院门口，回头看着慧韵，他那明媚的女孩儿般的大眼睛里流露出迷惘和悲哀。"妈！"他叫了一声，便走了。此后他经常到匀院来，也留下吃饭、睡觉。慧韵便觉得十分喜欢，但在欣喜中总夹杂着阵阵酸楚。

这一天晚上区里举行家长座谈会。慧韵实在怕开会，人一多，她就觉得自己是斗争对象。但如不去，不知又有什么罪名。她和菩提商量半天，决定还是去。她早到了，坐在屋角，希望谁也别理她，赶快开完会，平安回家。

主持会的人讲了一些上山下乡的大道理，具有反修防修的伟大意义，是伟大领袖的伟大号召等。又讲到家长的态度，有正确的，不正确的，介乎二者之间的。他讲着讲着，说了这样几句话："譬如我们这个片的陶慧韵同志，她孤身一人，需要儿子照顾，但是她坚决响应伟大领袖毛主席的号召，愉快地支持她的独子到北大荒去，这是值得学习的。"说完，他带头鼓起掌来。

慧韵一听见自己的名字，就觉得心猛地向下一沉，因为这名字总是和"揪上台来"连在一起的。又听见同志二字，她实在诧异得很。这两个字这样亲切，这样宝贵，这样性命交关，可是又这样轻易随便就可以取消。她已经一年多不是"同志"了，以致她听到这两个字后，简直以为说的不是自己。

紧接着她听到主持会的"同志"请她讲几句话，会场中也在Y大学的职工，气氛却不紧张。慧韵只好站起身说："普天下的母亲都希望儿子在自己身旁——"她顿住了，暗想："糟糕！这不是人性论么！"她见大家没有要批判的意思，便硬着头皮讲下去："——好得到照顾。但是如果儿子远去他乡真能使国家强大，使人民幸福，我想，许多母亲都会同意的。再说，我的儿子非要去不可，我何不坚决支持，让儿子高兴呢。"

她这几句大实话使大家流露了情不自禁的微笑。那时，很少人说这样朴素的话。就在这些微笑里，屋子另一个角落站起一位真正的女"同志"，她容颜瘦削，面色惨白，大声说道："不应该称陶慧韵做同志，她是我们学校的反革命分子。谁不知道！"主持会的人确实没有调查研究，连说："我不了解情况！不了解情况！"他请问揭发者尊姓大名，及至得知是崔珍同志，她的女儿尚未填表，她可要积极送女扎根边疆，连忙宣布这才是学习的榜样。慧韵仍垂头站着，旁边一个老太太悄悄拉她的衣襟，她才坐下。这会就稀里糊涂地散了。慧韵在门口和崔珍并排走出，她很想知道崔珍身体情况，可以说是好奇吧，当然她没有开口。

开会情况她只和菩提说了。菩提沉思半晌，说这很可能会当成"阶级斗争新动向"，不过她们已是砧上肉、刀下鱼，还是顾顾眼前，不必过虑，事实上也无法过虑。

这些时，勺院热闹多了。秦革常来，崔力更常来。她一进门，总先问："秦革在么？"秦革不在，她有时留下来说几句话，有时扭身就走。秦革认为，崔力缺乏献身边疆的决心，动机不纯，去了没好处。菩提、慧韵也劝她第二批再考虑。一天天彷徨、踌躇，她眼看去不成了。

　　慧韵用尽为母的心肠准备行装。陶、梅两家最合用的东西都为秦革挑出,被褥棉衣都已拆洗干净。一块带穗子的天蓝色旧桌布改作了两个枕套,看上去颇别致。慧韵还找了一根结实的树枝,仔细修磨了半天,给儿子开箱子时支箱盖用。据说陶家每个箱子里都配备有这种"箱棍儿",那当然都是上等木料制成。菩提实在看不出这设备有多大必要,只好承认这是陶家传统,应该尊重。不过秦革居然同意带,使慧韵很觉安慰。

　　秦革离京前夕,给母亲留下几个朋友的名字和地址,说有事可以找他们,他们也会来家里看望。其实以后并无一人露面,慧韵当然也不会去找。这时已进九月,天短多了,也凉多了。崔力下午便来了,一起吃过晚饭,四个人都在慧韵屋里,各有各的心事,都不说话。

　　慧韵知道秦革不喜欢崔力,而且一心要革命,根本不想这方面问题。她对崔力很同情,想时间不多,催着秦革去送崔力,给他们说话的机会。秦革只好答应,一个劲儿催快走。

　　崔力那憔悴的脸儿显得十分畏怯。她对慧韵说:"陶阿姨,明天我来陪你去车站。"

"好极了。"慧韵爽快地答应。

其实秦革和菩提都主张慧韵不去送,他们居然找到一致的意见。但是慧韵很坚决,"岂有不送之理!"菩提也只好不再劝说。

秦革送崔力,出去一会儿就回来了,嘴里嘟囔着:"真讨厌!好容易走了。自作多情!"慧韵严厉地看他,他把大眼睛调皮地一眨,神色端庄起来。显然有不少女孩喜欢这对眼睛。"妈!你放心!"他郑重地说,"我前些时好像喝醉了酒,我不会变坏的,你放心。"他还对菩提一笑,那笑容也是慧韵式的,有几分疲惫。

次日清早,天还黑着,勺院的人都起来了。秦革让母亲给收拾得整齐干净,行李已先送走,只背着一个帆布包,提着个网兜,显得很精神。他要和同学们一起到天安门前,向毛主席像宣誓。慧韵很想跟着,但是识相地管住了自己。

崔力陪她赶到车站,人还不多。渐渐地,人越来越多,许多人毫不掩饰地泪流满面,有人索性呜呜地哭。她们不知怎么回事,总是站在碍事的地方,被人推来推去。好容易挤到车厢前,忽听见前面好几节车厢里有人叫"妈"。

"妈!"秦革从窗口伸出头来,一手招着,一手拿着个慧韵特为他上路做的芽菜包子,"妈!你回去吧!"他那红红白白的脸上汗涔涔的,把包子随手递给了身边的同学。

慧韵贪婪地看着儿子年轻的脸,谁知道什么时候能再看见他,看见自己的亲生骨肉!也许十年、八年,也许这就是最后一面?她心里一阵阵揪痛,头不觉轻微地摇起来。"我答应过菩提的!"她忽然猛省,"不能发病!"她倚在崔力身上,镇定下来。

"秦革!"崔力叫道,脸色几乎像崔珍一样惨白。

"妈!"秦革不理她,只重复地说,"妈!你回去吧!"

这时开车铃响了。就在响铃后的一刹那,喧嚣的车站忽然静下来,静得如同空山幽谷,没有一点声音。每个人都屏住了呼吸,静了约有半分钟,然后猛地爆发出一阵哭声,和着欢送上山下乡的震天响着的锣鼓,如同骤起的怒潮轰然碰碎在岩石上。

火车徐徐开动了。留下了这一片号哭和震耳的锣鼓,慧韵和崔力却都没有流泪。她们只站着,望着列车远去,黑烟飘向明净的蔚蓝的天空,那是北京秋天特有的天空。一直到车站空了,她们才移动脚步。

十六　石烛

勺院的日子，表面上颇为平静。慧、菩二人生活中的一件大事，是读信、写信、讨论信。方知隔天一信，字迹日渐整齐。有一封信中写道："我躺着，照见自己的灵魂如同泉水，那源头是磐溪的父老乡亲；又如同纠结的根须，由家乡的泥土滋养。"慧韵读了，深为方知的诚实所动，对菩提说："他居然不说那源头、泥土是你。""能免俗而已。"菩提微笑道。

秦革也来过两信，简单鲜明地描绘了新的生活。"老乡人真好，我似乎正常多了。"他写道，"妈！我太忙，太忙！"大概因为太忙，那字一个个都像随时拔脚要跑。菩提说，没想到秦革能写这样好的信，她很快背了出来。

一天，菩提照规定到Z医院复查，一切正常。她回家时，顺路到小镇买了些菜，一会儿手臂胀痛，便在一座小桥边歇息。这时忽见崔珍迎面走来，一手提着浆糊桶，一手拿着刷子、纸张等。她看了菩提一眼，径自到桥下破墙边往墙上刷浆糊贴纸。看样子，字是要等别人来写的。

"梅菩提！"她刷着刷着，忽然停住，转身走上桥来，"你感觉怎样？你为什么还不上班？"

"有假条。"菩提警惕地看她。

"我感觉很累。"崔珍仿佛在自言自语，"是不是癌病人都有这种感觉？"

"你该休息，好人也会累的。"菩提好意地说。

"应该和累作斗争！"崔珍咬牙切齿地说，"我千万不能落后！"她说着却坐了下来。

"刷刷浆糊，就算是不落后吗？"菩提怜悯地想，"彻底的心硬化！"

"你自私！你们这些人从来就会自私！"崔珍激动起来，脸上仍没有一点血色。

"如果人民真正需要，我牺牲在你之前！"菩提仍冷静地说，提起网兜走了。

"你们牛鬼蛇神还出去做报告，还宣传自私哲学！我们不能容忍！"崔珍愤慨地冲着菩提的背影嚷，接着一阵剧烈的咳嗽。她越咳得厉害，心中越觉得意。她想的是："我的病更证明我积极！"

"不知她去复查过没有。"菩提敏感地想，"该透视一下。等方知好了，也应该看看她。不过她一定会给我们戴上什么帽子。方知，方知什么时候好呢。"一种惘然的情绪笼罩了她。那秋日蓝得闪光的晴空，也有些浑浊了。

勺院的门白天不锁,她们出门,总要关好。这时院门微启,分明有人来过。不知里面又有什么情况!菩提警觉地放慢了脚步,心咚咚地跳快起来。

她慢慢推开了门,见方知站在三生石旁,对她微笑。

"你好么?"他那低沉的声音有些哽咽。他的胡子有一寸多长,乱糟糟的。只是目光依然镇定,看着菩提时,目光里充满了信托。

菩提愣了一下,没有回答。她迅速地开了房门,把方知推进去。"你进去!快躺下!"

方知听她安排,躺下了。他的腰已经十分酸疼,简直站不住了。"你怎么知道我不能坐?"方知微笑地问。他最初坐起来时,觉得好像没有了肌肉,直接坐在自己的骨头上,疼痛十分尖锐。现在已好多了。

"我不知道你不能坐,只知道你应该躺着。"菩提站在床前,两人对望着,都不说话。一会儿,菩提转身出房,到西墙下捅开炉子,坐上了水。

方知舒适地躺着,打量着这亲切的小屋。两个多月不见了,它还是这样宁静,这样温柔,就连那窗台上的灰尘也这样熟悉可爱。窗外三生石上的爬山虎叶子已有几张全红,石头颜色显得浅了,亮了。

菩提端了一碗炒面茶进来："我保证你没吃早饭。"

方知恳求地说："你不要走动好不好？让我看看你。"

菩提垂下了头，微笑着坐在门旁。

方知说，他已到骨科医院去了，那儿一个同学为他检查、照相，一切都好。因怕临时来不了，所以没有先告诉她。他的健康不成问题，但政治方面的结局如何，则很难逆料。"我根本没有想去触动惩罚，我只是认真忏悔自己的想法。看来这忏悔便结成终生的苦果了。"

菩提记起，爹爹说过类似的话。他是从三句《庄子》想起的。"为恶勿近刑，为善勿近名，缘督以为经。"可这"刑"在哪里，得以勿近？如果爹爹在这里，知道方知想着他所想的，该是多么高兴。她望着方知那善良的脸。方知抱歉地说，没有热水，他无法修整自己。菩提仍执拗地看他，两人又对望着，不知为什么，一同笑了。

"菩提，我要你认真重新考虑。"方知慢吞吞地，有点说不出来，"我的处境不同了。很可能分配我到边远地区医疗队，在最基层行医。我倒愿意有直接为人民服务的机会。可你是受不了的。我知道菩提不怕吃苦,但你的身体对你限制很大。你有才华,有——"

"你这是说的什么?"菩提泪光莹然,打断了他。

方知愣了一下,沉默了。小屋里一时没有声响,秋阳把三生石的影子投进窗来。

菩提终于说道:"你要我考虑,我告诉你我的决定。我认为当前最要紧的事,就是咱们尽快结婚。"

"结婚?"方知慢慢坐起来,菩提忙把被子塞在他身后,"可我没有全好——会拖累你。"

"正是因为你没有全好,我们在一起便于照顾。我们应该厮守在一起,不再分别,不再忍受思念的痛苦。"

"是么?"方知注视着菩提那被感情照得光彩焕发的脸儿。她发窘地脱下眼镜擦着,眼睛垂下了,弯弯的弧线上挂着一滴泪珠。眼角边的皱纹那样纤细精致,他很想伸手去抚摸。

"而且说不定什么时候,你或我就被隔离审查,这可能性太大了。是么?我们应该尽早使我们的幸福合法化。"

"是么?"方知站起来,目光一刻也舍不得离开那光彩的脸儿。

"不要这样看我——你。"

"你——你呵,亲爱的——最亲爱的人!"方知不觉跪了下去，把他那乱蓬蓬的头放在菩提膝上，两人尽情地哭了个痛快。

中午慧韵得知，高兴得像过新年的孩子。三人商量，婚期定在旧历中秋。阳历是九月十八日。方知和菩提分别向组织提出，简直轰动了Y大学中文系和Z医院外科。尤其是梅菩提，她的终身大事在五十年代便是议论的话题。她和方知来往已有不少人知道，但人们很难想象一个年轻的外科医生会和一个年近四十的癌症病人正式结婚。

张咏江看到申请书，在饭桌上当成新闻告诉施庆平，还说："你那时没写大字报，要是把他们的来往搞臭了，可能他们结不了婚。"张氏夫妇最近和一个派友换了房。两间换一间，那家人多，不怕冤魂。

施庆平有些愠色，是冲着张咏江来的："为啥要整得人婚都结不成？吭啥道理！"她想起齐大嫂自刎的情景，还觉着胆战心惊。

那次移尸后，张、施等听到些道出真相的"流言"，知道不少人为梅菩提抱不平。张咏江一再劝施庆平暂时不要换房子，避一避风声。但施庆平不敢一人在家。她觉得齐大嫂的阴魂比移尸栽赃案可怕得多。移个尸有什么了不起！这么多大字报百分之八十瞎三话四！我们就不准动一动！？张咏江拗不过她。再说他做这事时,并未想到有多大责任。还可以说是完成齐大嫂遗愿嘛!她本来应该找梅菩提去的!后来有人提起,他担了一阵心,见许多人心怀同情,却不愿公开为"牛鬼蛇神"说话,也就不去想它,自管革命。现在他们心目中的头号敌人是六一公社的骨干,如郑立铭等。"牛鬼蛇神"早已不在话下。

"你说要是同意梅菩提结婚,岂不太便宜了她?"张咏江问。

"也呒啥了不起,还是个漏网右派呢。"施庆平做出不屑的样子。

"真的!一个共产党员怎么能和漏网右派结婚?"张咏江灵机一动,"这是什么思想感情!什么立场!不能批准!"

夫妻饭桌闲谈,做了决定。所谓组织的权就大到这种地步。生、老、病、死、婚姻、工作、判刑,全在头头一句话!

方知那边更是此路不通。小丁等人估计,若是提出申请,证明拿不到反会惹出麻烦,说不定要演出一场批斗,杀杀"坏人"的"气焰",而方知身体刚好些,何必吃这种亏?小丁说:"法律手续几个子儿一斤?你们该怎么过就怎么过好了。彰明昭著,自讨苦吃。"方知觉得那样简直是对菩提的亵渎,他不知自己是否过于陈腐，遂拿这话悄悄问慧韵。慧韵冷冷地说："你的意思呢？"

"我以为绝不行的。"方知认真地说。

"好了！真好！"慧韵大声叫起来，"菩提！这真是咱们勺院的人！咱们就要光明正大！"

她们的心地果然光明，行为也极正大。可是这光明正大在鬼蜮横行之时只能获罪遭谴。方知向"组织"提出结婚申请，辛声达在全院革命群众大会上对这事作了严厉的批判。他说："有些牛鬼蛇神，还以为自己是个'人'！居然敢申请结婚，却不老实交代罪行，这种人眼里还有毛主席倡导的伟大的文化大革命运动吗?!"说着就要擒拿方知到案。幸亏霍姐从中斡旋，说方知正在治疗腰伤，得免一场灾难。霍姐特地到方知房中连训带劝，说了一番："方大夫，"没人时她总是保留这称呼，"你也太出格了。你净张罗这个，还能好好改造认罪？你手术有两下子，真定成漏网右派，可就委屈你的手艺了。再说，大学那边，也不会批准，不如死了这条心！"

菩提去系里催问时，答案就是不批准，原因是共产党员不能和"漏网右派"结婚。先把人打成"牛鬼蛇神"，又说是共产党员而不能怎样，面对这荒唐的逻辑，菩提实在哭笑不得。郑立铭等人很不平，答应为她争取。

按照慧韵的意思，无论怎样简陋，也要有所准备。破家具必须擦拭，旧被褥必须洗净，好有点"新"意。她坐在小板凳上抽烟，一本正经地说："被褥我管洗，就是不能做。得找个全福人。"

"现在全福人大概不多，"菩提冷笑道，"不知有几个家庭还能完整。再说，人家全福人，又怎么会上咱们这儿来呢。"

"那你自己缝吧，反正我不能做。"慧韵显然认为她这样的不祥人物会给菩提招来不幸，远不如让菩提自己辛苦一些。

菩提一针一线地缝着被子，手臂酸痛了就停下来，歇一会儿再缝。这一条旧桃红绸被已有十多年历史；还是妈妈看见过的，这点很使菩提感到安慰。想当初妈妈在世时，常会买回些不必要的衣物，就催促菩提："你怎么还没朋友呵？嫁妆倒是现成的。"那几年，菩提也常会在心底描绘自己的婚礼，在心底起草给党组织的报告："亲爱的党，××同志系共产党员——"这样的报告绝不写××支部，一定要写亲爱的党。那腹稿往往打不完，自己已为"亲爱的党"四字所深深感动。至于生活中遇见的人，往往因为不符合她这腹稿，便不予考虑。真奇怪，怎么从没想过方知不是党员呢？

"方知是人，正常的、善良的人。"菩提欣慰而又有几分酸楚地想，"我们要在一起战胜各种癌细胞。——我们的党也会战胜癌细胞的。会的，一定会的。"

但是他们俩的申请都得不到"组织"的批准，直到九月十八日，证明信都没有拿到。

又过了几天，郑立铭来出主意，如果实在弄不到证明，索性到办事处去苦苦哀求，说明实际情况，若遇到明白、善心人，也许准予登记。慧、菩、知三人商量，过"十·一"，可能会出新鲜花招，又想多等几天尽量弄到证明，便定在九月三十日去试试看。

三十日清晨，慧韵坐在小院里剪红纸。她剪了大大小小的喜字，又剪了一个带穗子的红纸罩。又拿出一束红丝线，让菩提拉着，编成小辫。菩提不解，问这是做什么。这时院门外有人叫梅菩提。

原来是郑立铭来了。他没下自行车，一脚踏在台阶上，递过一张纸："给你证明信！"

"你怎么弄到的？你真太好了！"菩提紧紧抓住这纸，好像要靠这纸才能站稳。

"好些人都觉得张咏江太不像话了，凭私心整人太明显了。"老郑压低声音说，"听说'十·一'前可能把重点对象集中住，陶慧要小心。"说完，脚一蹬，人已离开老远。

现在已是"十·一"前末一天了。

慧韵知道有了证明信，真是欢喜若狂："这要比两手空空去登记强百倍，好兆头！"她对集中隔离却若无其事，忙着搬凳子、擦灯泡，转眼间就把红纸灯罩挂在灯上。又不知从哪里找出一对小玻璃瓶，把红线辫子放进去，倒上花生油。

"可惜。"菩提皱眉道，"还不如吃了。"

慧韵不听，在大石前端详了一阵，找了两处凹进去的地方，放上玻璃瓶，一个高些，一个低些。

"你们登记完了，就点上。"慧韵嘱咐道。她退后左看右看，露出疲惫的笑容。

菩提知道慧韵到处买不到红烛，才想出代替品。"放在三生石上更好，陶慧。"菩提说，"我们三个人的心，可以把石头点起来。"

"嘻！那可别！"慧韵笑道，"烧了就没有了。得留着，今生，来世——"她忽然眼圈儿红了。她赶快转身去推车，走了。

八点钟左右，方知来了。他见菩提穿着暗蓝色格子衬衫，外边是浅灰色上衣，下身是深灰色长裤。"这是你第一次来门诊时穿的。"他心中漾起一种极温柔的感情，觉得这几件旧衣服，也无比的可亲可爱。菩提看了看他，垂下眼睛。

"你真好，我的好人。"她低声说，伸手捡去方知肩上的一根头发。

他们原以为不知要经过多少困难才能见到主管登记的人，不料只问了一个人就找到登记处。那房间里坐着一个干瘪小老头，不是别人，竟是老齐。他看见方知和菩提二人，伸手揉着眼睛。

"你们真是挺好的一对。"他喃喃地说，"我们怎么没想到，要想到，早催你们办了。"

方知赶快说明他们只有一张证明，大致说了医院和学校的情况。

老齐对着墙上的巨幅毛主席像，手指在桌上敲着。他想了片刻，说："方大夫，你也不是外人。我在法院待不下去，才弄了这个差事。我也不能全变成机器，见证明发证书，不带拐弯儿的！梅老师的委屈，我也知道。你们有个家，就好了。"他说着声音发颤，他的家已经化为灰土了。"得！我发！"他说着拿出两张大红结婚证，让知、菩二人填写。

"会给你惹麻烦吗？"菩提担心地问。方知也迟疑地望着他。

"我这里没人查，医院若有人来闹，再说吧。符合结婚条件，凭什么不给登记？"

两人各自填一张。大红的证书上印有领袖语录。两人不约而同相视一笑。

证书写好，老齐盖了章，交给两人各执一份。两人又对看着，放心地、长长出了一口气。从今后，他们有了旅伴，无论道路怎样坎坷，他们永远承担着同一的命运了。

想必是他们脸上严肃而又温柔的神情感动了老齐，近来很少见到这种神情了。他清清嗓子，发表了简短的演说："从现在开始，你们是夫妻了。你们的夫妻关系，受到法律的保护。"老齐又掏出极脏的手绢擦着鼻子。"法律？对！法律的保护。你们热心工作，到现在才结婚，实在是晚婚的模范。"他特别亲热地看看菩提。"不管怎样，工作总要做嘛，不然吃什么？穿什么？"他猛省地转过了话题，仍对菩提说："你是在俄语系吧？你要坚决斗争，把你们的家庭变成反修防修的哨所。"他又转向方知："你是医务工作者，一定要掌握手术刀，为工农兵、为贫下中农服务。"

方知和菩提都以为他会说"祝你们幸福"一类的话，但他没有说，只满意地点点头，表示完了。

方知和他握手道谢。菩提觉得这握手也代表她了，她可以不用再伸出手去。她第一次有一种有所倚靠的平安之感。他们走出办事处大门时,又不觉含笑对望,他们已以夫和妇的身份,在这世界上行走了。

一路上,他们步履轻捷,谁也没有说话。只不时侧脸看着终身伴侣的光亮的脸。

快到苇塘了。勺院的瓶门在茂盛的芦苇后面露出一段曲线。大柳树仍然那样绿,柳枝拂动,好像在欢迎他们回家。方知轻轻握住菩提的手:"你累吗?"

几乎同时,菩提转脸问他:"腰疼吗?"

这时,勺院的门开了。只见两个戴红卫兵袖章的人推着慧韵出来。慧韵一手提着个脸盆,一手撑住门框,想拖延时间。她立刻看见苇塘边的菩提,旁边站着方知。她马上直觉地懂了。忍不住的快乐使她叫起来:"回来了吗?祝贺你们。"两个红卫兵瞪着知、菩二人,又把慧韵一推。她笑着向他们扬手,向学校那边走了。

"陶慧!"菩提向前抢了两步,方知忙拉住她,自己赶过去,想帮慧韵提东西。

"不要管我!你们一起进门!"慧韵回头厉声地阻止方知前来,一面快步走了。

他们默默地站了片刻。有什么办法呢?这不过是大规模隔离的序曲,每个人都随时可以被投入囹圄,与世隔绝。他们只能默默地一起走进瓶门,站在三生石旁。

菩提把钥匙递给方知,方知开了房门,他们走进自己的家。他们向父亲的骨灰盒行过礼,菩提不由得靠在方知胸前啜泣起来。

她非常地思念父亲和母亲,思念慧韵。登记回来,新生活开始的时刻,没有慧韵,自己的幸福再也不能完整了。方知为她拭去泪痕,安慰地说:"集中隔离总是暂时的。"

"这暂时,得到什么时候呵。"菩提痛苦地说。

他们两个都意识到,痛苦的暂时,看不见头,而幸福的时刻,只在瞬间。他们都不知下一分钟会有什么厄运。菩提赶快拿出火柴,和方知一起出房,点燃了石上玻璃瓶里的红线。火花在红绿参差的枝叶下跳动,使得秀丽的三生石有几分神秘。他们肃然望着石上的光亮。

"石烛。"菩提轻轻地说。亮光映进了这阴暗的小屋。房顶垂下来的红灯罩穗子映得满室红光,照着这一对新婚夫妇。

他们知道,从今以后,每人负担的愁苦,不是两人所有的一半,因为愁苦有人分担,苦杯会因亲人的眼泪而稀薄得多。他们知道,每人享有的欢乐,也不是两人所有的一半,因为有着相互扶持的旅伴,那欢乐之杯的浓醇，会变得无与伦比。两个正常细胞的力量结合在一起，不是加法，而是数字的无穷次方。

他们一同默默地凝视窗外燃烧着的三生石。活泼的火光在秋日的晴空下显得很微弱，但在死亡的阴影里，那微弱的，然而活泼的火光，足够照亮生的道路。

1979 年